# 蔦屋重三郎の時代

## 狂歌・戯作・浮世絵の12人



佐藤至子

角川文庫
24427

# はじめに——ふぐ汁の約束に集まった人々

蔦重こと蔦屋重三郎は、十八世紀後半の江戸で浮世絵や戯作、狂歌本などを出版していた版元（書肆）の一人です。

新吉原で開業し、のちに江戸の中心地である通油町に進出。当時を代表する作者や絵師の作品を手がけた蔦重ですが、版元として歩んだ道は必ずしも平坦なものではありませんでした。天明七年（一七八七）から始まった寛政の改革のさなかには、黄表紙や洒落本といった戯作が町奉行から問題視され、蔦重も処罰されました。しかしその後も毎年多くの出版物を世に送り出し、寛政九年（一七九七）の没後は番頭が店を継承しました。

蔦重と作者たちとの交流の様子がわかるエピソードを一つ紹介しましょう。次に記すのは、資料から断片的に読み取れる情報をもとにしてまとめたものです。

天明二年十二月十七日、浅草の歳の市の日の夜のこと。雨の中、恋川春町は上野の池之端にある版元の須原屋伊八を訪れた。大田南畝（四方赤良）と朱楽菅江も、雨に濡れながらやって来た。

三人は「こんなふうに落ち合ったのも何かの縁。いつか蔦重と約束したふぐ汁の日はまさに今夜、さあ行こう、お互いに腹いっぱい食べようではないか」と、須原屋を出て、新吉原の蔦重の店に向かった。蔦重の店には北尾重政と弟子の北尾政演、北尾政美など五人の客が来ており、そのあと、菅江、政美、政演、春町らは妓楼の大文字屋に遊んだ。

このエピソードは、恋川春町が記した「としの市の記」と、その表紙に大田南畝が書きつけた内容から推測されるものです（「としの市の記」は天理図書館所蔵『遊戯三昧』所収）。恋川春町は黄表紙などで活躍した人物で、このとき三十九歳。大田南畝は三十四歳で、狂詩や狂歌、黄表紙の批評など多方面に才能を発揮していました。朱楽菅江は四十五歳、南畝と同じく狂歌壇の中心的な人物の一人です。

三人がはじめに訪れた須原屋からは、この翌年、南畝・菅江編の『万載狂歌集』

が出版されました。同年には蔦重も、南畝編の狂詩集、春町の黄表紙、南畝の跋（ばつ）文と菅江の狂歌を巻末に載せた吉原細見などを出版しています。いずれの版元も、作者たちとの関わりは浅からぬものがありました。

さて、蔦重の店に来ていた北尾重政は浮世絵師で、政演と政美はその弟子です。重政は当時四十四歳、蔦重とは創業期から付き合いがありました。政演は二十二歳、黄表紙などの挿絵を描き、また、京伝（きょうでん）の名で自身も黄表紙を執筆していました。

この当時、蔦重の店は新吉原の大門（おおもん）口（遊廓の出入り口である大門の近く）にありました。人々が遊んだ大文字屋は新吉原の京町一丁目の妓楼です。大文字屋の主人は狂名（狂歌を作る時の名）を加保茶元成（かぼちゃのもとなり）といい、『万載狂歌集』にも狂歌が掲載されている人物です。

この夜の宴席は、天明三年の蔦重版の出版物に関わった人々への慰労と謝儀のために蔦重が用意した宴であろうと推測されています（鈴木俊幸『新版　蔦屋重三郎』）。当時は、挿絵を担当した絵師には手間賃が支払われたと思われますが、戯作類の作者に原稿料を渡す習慣はなかったようです。蔦重は作者たちへのお礼として、このようなかたちでもてなしたのでしょう。

曲亭馬琴の『伊波伝毛乃記』（文政二年〈一八一九〉成立）によれば、版元が戯作者に原稿料を支払うようになったのは寛政期（一七八九〜一八〇一）のことで、それ以前は、版元は正月に作者へ錦絵や黄表紙などを贈ったり、当たり作があった場合には作者を遊里などへ招待してもてなしたりするだけであったといいます。黄表紙や洒落本のような戯作を書くことは趣味的な活動であり、生計を立てるための仕事とは別のものでした（戯作者が専業化するのは十九世紀に入ってからのことです）。このことは、当時の戯作者のあり方を理解する上で気をつけておくべき点です。

本書では、蔦重と、狂歌・戯作・浮世絵の分野で活躍した十一人の人物、合わせて十二人に焦点をあてて、それぞれの活動について概説します。十一人の人物は、さきに紹介した「としの市の記」に名前の出てくる大田南畝（四方赤良）、朱楽菅江、恋川春町、北尾重政、山東京伝（北尾政演）に加えて、石川雅望（宿屋飯盛）、朋誠堂喜三二、曲亭馬琴、十返舎一九、葛飾北斎（勝川春朗）、喜多川歌麿をとりあげます。

活動期間が長く、膨大な数の作品を残している人物もいますが、本書では、十一人の人生や代表作をまんべんなく説明するというよりは、「蔦重がいた時代に、この人物は何をしていたのか」という視点から、蔦重との関わりが具体的にわかるような出来事や作品を中心に紹介することとしました。複数の人物が同じ催しや出版物に関係している場合もあり、話題が重なる部分も多少ありますが、その人物を知る上で欠かせないものについては省略せずに記します。また、いくつかの作品については、おもしろさがわかるよう、比較的詳しく解説します。一人ひとりの活動をたどることで、当時の娯楽文化のありようが見えてくるものと思います。

本書を入り口に、蔦重の生きた時代や江戸の文化に興味を持っていただけたら幸いです。

目次

戯作者



浮世絵師

# 凡例

一、江戸時代の文献から原文を引用する際には、引用元が原本か翻刻かにかかわらず、適宜、句読点や濁点を加え、振り仮名を加除し、踊り字を漢字や仮名に改めた。また、片仮名を平仮名に改めた場合がある。仮名遣いと送り仮名は、原文のままとした。

一、原文を比較的長く引用し、現代語訳を併記する場合は、現代語訳・原文の順に示し、〈現代語訳〉〈原文〉と表示した。概要・あらすじ・歌意・句意を示す場合も〈 〉を付してその旨を表示した。

一、人物の年齢は原則として数え年で記した。

一、書名の角書(つのがき)は原則として省略した。表示する場合は〈 〉を付した。

一、大田南畝の著作は『大田南畝全集』(全二十巻・別巻、岩波書店、一九八五〜二〇〇〇年)及び『寝惚先生文集　狂歌才蔵集　四方のあか』(新日本古典文学大系、岩波書店、一九九三年)によった。山東京伝の著作は『山東京伝全集』(全二十巻・別巻、ぺりかん社、一九九二〜二〇二四年)によった。曲亭馬琴『近世物之本江戸作者部類』『伊波伝毛乃記』は『近世物之本江戸作者部類』(徳田武校注、岩波文庫、二〇一四年)によった。

# 版元

## 蔦屋重三郎

# 蔦屋重三郎（つたやじゅうざぶろう）

**一七五〇年〜一七九七年。版元（地本問屋（じほんどいや）・書物問屋（しょもつどいや））。堂号は耕書堂。狂名は蔦唐丸（つたのからまる）。**

**新吉原の版元**

蔦屋重三郎、略して蔦重は、寛延三年（一七五〇）に江戸の新吉原に生まれました。

新吉原は徳川幕府公認の遊廓（ゆうかく）が置かれていた場所です。明暦三年（一六五七）に、それまでは葺屋町（ふきやちょう）（現在の東京都中央区日本橋人形町あたり）にあった吉原の遊廓が浅草日本堤へ移転しました。この移転後の吉原を新吉原と言います。

遊廓内はいくつかの町に分かれており、妓楼（ぎろう）（遊女屋）が軒を連ねていました。

妓楼はそれぞれ複数の遊女を抱えており、また、遊女にはいくつかの階級があって、揚げ代が異なりました。どこに何という妓楼があり、何という名前の遊女がいるのか、揚げ代はいくらなのか、といった情報を掲載し、定期的に出版されていた書籍が吉原細見です。

蔦重はもともと吉原細見の改（掲載情報の調査）や取り次ぎをする業者でした。[1]自身が細見の版元となったのは安永四年（一七七五）のことです。その安永四年版の細見『籬の花』[2]には、「安永四年孟秋　毎月大改　新吉原大門口　板元　蔦屋重三郎　蔵板」とあります。遊女は不定期に入れ替わるため、新しい細見を出版する際には遊廓内の最新情報を集める必要がありました。「毎月大改」という文字に、情報の新鮮さをアピールする姿勢がうかがえます。

蔦重は新吉原遊廓そのものを素材とする戯作の出版も手がけていました。安永六年に出版した『娼妃地理記』（道蛇楼麻阿作）[3]は、新吉原を「新吉原大月本国」という架空の国に見立てた洒落本です。「月本国」は言うまでもなく「日本国」のパロディーですが、これが新吉原と結びつくのは、遊廓が夜に輝く場所だからです。作者の道蛇楼麻阿は秋田藩士で、本名を平沢平角といい、朋誠堂喜三二という戯号で黄表紙（絵入りの滑稽な読み物）も執筆していました。蔦重は安永九年から黄表紙の出版も始めており、喜三二の黄表紙をその年に三作、翌安永十年（天明元年〈一七八一〉）には四作出版しています。そのうちの一作『見徳一炊夢』は、黄表紙の評判記『菊寿草』（大田南畝編、安永十年刊、本屋清吉版）の立役之部で最上位「極上上吉」にランク付けされました。

『菊寿草』は、歌舞伎役者を役柄ごとに分けて批評する役者評判記の形式で黄表紙を評した書です。立役之部の「立役」は善人の立派な男の役をいいます。批評文も、役者評判記と同じように「頭取」や「ひいき」、「わる口」といった人々が作品について あれこれと語り合う形になっています。『見徳一炊夢』については、「通町組」が「なんだ外に板元もない様に、つた屋を巻頭とは」（何だ、ほかに版元がいないかのように、蔦屋を最上位に据えるとは）と、やや冷たいコメントを述べ、「ひいき」が「くそをくらへ、大門へはいつた事はないか。細見は目に見えぬか」（吉原の大門から中に入ったことがないのか？　吉原細見を知らないのか？）と反論し、「頭取」が「エヘンエヘン、初春早々いざこざは御無用」「当代のききもの喜三二丈の狂言、板元の細工は流々、仕上の仕打を御覧なされい」と収めています。蔦重といえば吉原細見であり、黄表紙の版元としては新参者と見られていたことがわかります。

## 大田南畝との出会い

天明三年の九月、蔦重は日本橋の通油町（とおりあぶらちょう）（現在の東京都中央区日本橋大伝馬町）に店を持ちました。[4] 天明三年正月刊行の吉原細見[5]の刊記には「改所　小泉忠五郎　板元　新吉原大門口　蔦屋重三郎」とありますが、天明四年正月に刊行された細見[6]の刊記には「改所　新吉原大門口　蔦屋徳三郎　小泉忠五郎　板元　通油町　蔦屋重三郎」とあり、新吉原の店は蔦屋徳三郎の名義になっています。

天明期の蔦重はさまざまな作者たちとかかわり、多くの戯作や狂歌本の出版を手がけました。中でも関係の深い作者として、さきに述べた朋誠堂喜三二のほか、大田南畝、山東京伝といった人々があげられます。

大田南畝は幕臣で、四方赤良という狂名を持ち、天明期の狂歌の流行を牽引した人物です。蔦重が南畝と知り合ったのは天明元年ごろと考えられています。南畝編の『菊寿草』で蔦重版の黄表紙が称賛されたことをきっかけに、蔦重が南畝に会いに行き、交流が始まったようです。天明三年には蔦重から南畝編の狂詩集『通詩選（つうしせん）

笑知』が出版されました。この書には朱楽菅江による「戯言」があり、そこに「四方山人子息の髪置祝儀の日、書肆何がしが居催促に迫て満坐の客を後になし、例の硯を左にして、酔中寝ぼけず選し故なり」とあります。南畝の息子の髪置の祝いの日に蔦重が南畝を訪れ、その場で催促して『通詩選笑知』が編まれたといいます。

南畝は四方連と呼ばれる狂歌グループの中心人物で、その交流圏には狂歌を愛好する多くの人々や戯作者が含まれていました。蔦重はそこに積極的にかかわってゆきます。恋川春町が書いた黄表紙『吉原大通会』（天明四年刊、岩戸屋版）[7]には、四方赤良（南畝）・元木網・朱楽菅江・紀定麿・平秩東作・大屋裏住など当代の狂歌人たちが集まる中に、「日本堤に葉も繁る蔦唐丸」が現れ、筆と硯、紙を出して執筆を乞う場面があります（一二一頁、図2参照）。蔦唐丸は蔦重の狂名で、実際にこの名前で狂歌集に入集しています。フィクションの中の情景ではありますが、現実の蔦重の姿をほうふつとさせるものです。

天明四年に蔦重が出版した南畝編の『老莱子』は、南畝の母の六十歳を祝う狂歌大会に参加した人々の作品を収めた狂文・狂歌集です。この書については、「大田南畝」の章で述べます。

## 狂歌会を主催する

蔦重はさまざまな狂歌本を出版しています。ここでは少々凝った趣向のものとして、『狂歌百鬼夜狂』(天明五年刊、平秩東作編、大田南畝序[8])を紹介します。この作品は天明五年の十月十四日に催された狂歌会をもとにして作られた狂歌集で、化物がテーマになっています。同書に収められた「百ものがたりの記」(平秩東作執筆)には、会の当日の様子が記されています。冒頭部分の概要は次の通りです。

〈概要〉蔦唐丸(蔦重)の提案で、百物語(数人が集まり、百本の灯心をともし、ひとり一話ずつ怪談を話すごとに一本ずつ消して行く怪談会で、百話を話し終えると怪異が起こるとされた)にならい、化物を題に狂歌を詠むことになった。会場は土師掻安の友人が所有する別荘だが、元々は墓地だった場所だという。部屋の壁には蔦唐丸の用意した「百物語戯歌の式」が掛けてあり、北側の建物の隅に灯心を百本用意して狂歌一首を書いたら一本を消すこと、狂歌を書き終わった時に鉦を鳴らすこと、居間から北側の建物への通路に灯りを置かないこと、百首目を詠んだ者は灯りを消した後に障子や襖を揺り動かして「化物殿に見参申そうよ」と言って踊ること、などの決まりが書かれている。

土佐派の絵師の百鬼夜行の図や鳥山石燕の化物絵本に出てくる化物の名を狂歌の題として参加者に振り分け、会は進行します。夜が更け、狂歌が五十首を越えたあたりから、いろいろなことが起こります。

〈概要〉狂歌が五十首を越えた頃、座敷の奥でからからと音がする。襖を開けると、金色の鈴のようなものが二つ空中を飛び回っている。よく見ると、それはこの家の飼い猫だった。狂歌が六十首を越えた頃、様子を見回ってきた蔦唐丸が驚いた様子で、残っている灯心は三十本余りのはずなのに実際には六十本ほどあると言い、何人かで見に行くとその通りだった。大屋裏住は用事があって帰宅し、馬場金埒は怖がって会をやめようと言い出したが、宿屋飯盛（石川雅望）らは動じない。馬場金埒は算木有政と一緒に帰ってしまった。丑三つ時

（午前二時～二時半頃）になり、蔦唐丸と今田部屋住、紀定麿の三人が連れ立って灯心を見に行くが、走って戻り、おびえて歯の根も合わない。部屋住は震えつつ、机の上にこんなものがあったといって薩摩芋を十ばかり出した。誰も手をつけないので宿屋飯盛がそのうち三つを食べ、これは自分が机の上に置いたのだと明かした。狂歌が八十首余りになろうとする頃、唐来参和が、灯心を消し忘れて戻ろうとしたら物の倒れる音がして牛の尻尾のようなものにさわったと言う。それは枝折り戸が倒れて払子（仏教の法具で、獣毛などを束ねて柄をつけたもの）が落ちたのだった。最後は灯の台を居間の方へ移し、車座になって酒を飲みつつ狂歌を記し、やがて百首になった。

本当に怖がっているのか、ふざけているのかよくわからない部分もありますが、仰々しく「百物語戯歌の式」を用意するところに蔦重の本気度が見えます。本書に蔦唐丸自身の狂歌は収録されていないことから、はじめから狂歌集を作ることを目的として計画された催しであったと思われます。

平秩東作と四方赤良、そして薩摩芋を三つも食べたという宿屋飯盛が詠んだ狂歌を一首ずつあげておきましょう。

見越入道　　　　　　へづつ東作
さかさまに月もにらむとみゆる哉(かな)野寺の松のみこし入道

女の首　　　　　　四方赤良
首ばかり出す女の髪の毛によればつめたき象(きさ)のさしぐし

離魂病　　　　　　宿屋めし盛
目の前に二つの姿あらはすは水にも月のかげのわづらひ

見越入道は首がのびる巨大な入道。女の首はろくろ首でしょうか。離魂病はひとりの人間の姿が二つ現れるもので、病気と考えられ、「影の煩(わずら)い」とも呼ばれていました。三首とも、怪異の様子を具体的に想像させる狂歌になっています。
なお、蔦重が出版した狂歌本には、狂歌と絵を組み合わせた、見て楽しめる要素をもった作品もあります。それらについては「山東京伝」「北尾重政」「喜多川歌麿」の章で紹介します。

## 黄表紙の絶版

蔦重は戯作や狂歌本だけでなく、富本節(とみもとぶし)（浄瑠璃(じょうるり)の流派の一つ）の正本も出版していました。安永末期に、その蔦重版の富本節正本に絵を描いていたのが北尾政演(きたおまさのぶ)こと山東京伝です。京伝は黄表紙『御存商売物(ごぞんじのしょうばいもの)』（天明二年刊、鶴屋版）が南畝に絶賛され、天明期には黄表紙と洒落本の作者として大活躍しました。天明期の蔦重は、政演画の遊女絵や狂歌本などを出版するとともに、京伝の代表作となる黄表紙や洒落本も売り出しています（詳しくは「山東京伝」の章で紹介します）。京伝に戯作の才能を見いだしたのが南畝であったとすれば、それを大きく開花させたのは蔦重だったと言えるでしょう。

しかし、松平定信が主導した寛政の改革下の出版統制によって、蔦重と京伝は二度にわたって処罰されることとなりました。

最初の処罰は黄表紙に関するものです。天明八年刊行の『文武二道万石通(ぶんぶにどうまんごくどおし)』（朋誠堂喜三二作、蔦重版）と寛政元年刊行の『鸚鵡返文武二道(おうむがえしぶんぶのふたみち)』（恋川春町作、蔦重版）、『天下一面鏡梅鉢(てんかいちめんかがみのうめばち)』（唐来参和作、版元不明）、『黒白水鏡(こくびゃくみずかがみ)』（石部琴好作、版元不明）が、いずれも絶版を命じられました。これらは当時の文武奨励の政策や幕府中枢の人々をめぐる出来事を戯画化した内容で、その点が問題視されたと考えられます。これについては、曲亭馬琴の『伊波伝毛乃記』に記事があります。おおよその内容は、以下の通りです。

〈概要〉天明の末に、喜三二の『文武二道万石通』、春町の『鸚鵡返文武二道』、参和の『天下一面鏡梅鉢』などの草双紙が大変流行したが、禁忌に触れたために絶版を命じられた。これら以上に草双紙で大流行したものはないだろう。後には、袋入り本にして、七十二文の値段で販売した。あちこちの小売店から蔦屋へつめかけて、朝より夕まで、あたかも市場のようであった。製本するひまがないので、印刷した本がまだ乾いていないのを、そのまま、表紙と糸を添えて売り渡した。小売店で販売するだけでなく、その年の三月の末まで、町々を売り歩いた。

『文武二道万石通』と『鸚鵡返文武二道』の版元は蔦重であり、『天下一面鏡梅鉢』

は版元不明ながら、この馬琴の記述から蔦重版であると推察されています。製本が間に合わないほどの売れ行きだったとありますが、それゆえに公儀に目をつけられてしまったということも考えられるでしょう。

京伝は政演の名で『黒白水鏡』の挿絵を担当しており、過料を命じられました。[9] この処罰が京伝に与えた衝撃については、寛政三年刊行の京伝の黄表紙『箱入娘面屋人魚』の冒頭にある蔦重の挨拶文からうかがい知ることができます。その一部を現代語訳して引用します。

〈現代語訳〉作者の京伝が申すには、「今までかりそめに拙い戯作をいたし、読者のお目にかけてきましたが、こうした無益なことに時間や筆・紙を費やすことは、たわけのいたりであり、とくに去春などは世間で悪い評議を受け、深くこれらを恥じておりまして、今年からは決して戯作はいたしません」と、私(蔦重)の方へ固く断りを申してきましたが、それでは私の店が急に衰微いたしますことゆえ、是非とも今年ばかりは書いてくれるように頼みましたところ、京伝も長年の友人である私ゆえにそのままにもできず、決意をまげて書いてくれました。洒落本と黄表紙の新版ができましたので、外題目録をご覧のうえお求めくださいますようお願い申し上げます[10]。

「去春」はこの黄表紙の執筆時点である寛政二年から見ての昨年の春、つまり寛政元年春のことと考えられます。よって、「悪い評議」とは『黒白水鏡』で処罰されたことをさしていると見てよいでしょう。京伝は戯作をやめることを考え、蔦重に申し出たものの、説得されて翻意したとあります。京伝の心境がかいま見える興味深い内容ですが、裏事情を明かしつつ新作の宣伝をしているところには巧みさも感じられます。はじめに「まじめなる口上」とあり、手をついて挨拶する蔦重自身の図像（図1）が添えられているこ

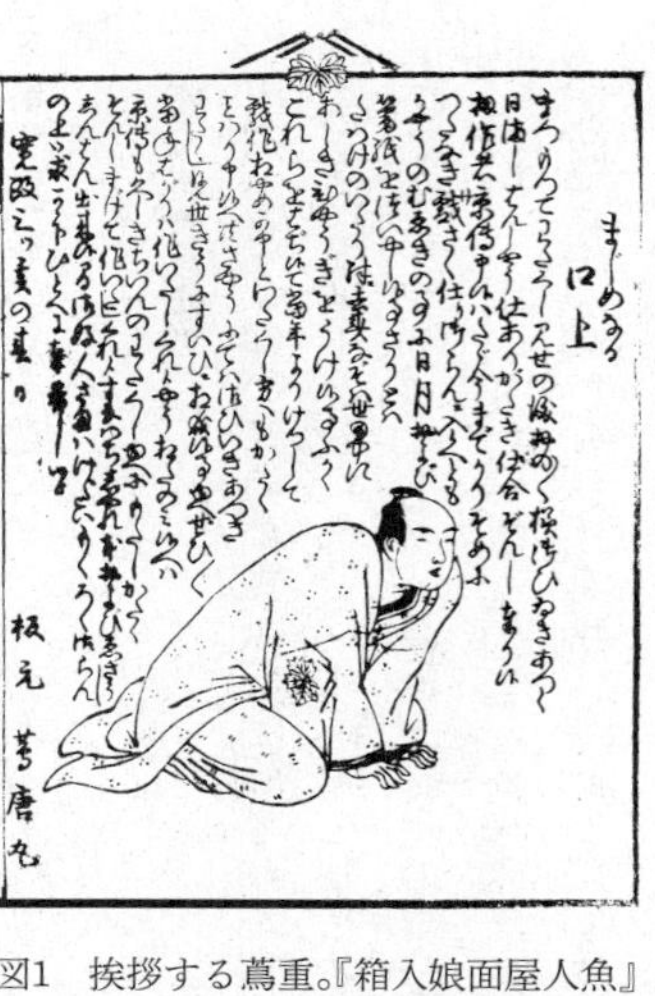

図1　挨拶する蔦重。『箱入娘面屋人魚』東京都立中央図書館特別文庫室所蔵

とも、読者の目をひくには十分なものです。

### 洒落本の絶版

皮肉なことに、この黄表紙が出版された寛政三年、蔦重が出版した京伝の新作の洒落本は町奉行の咎めを受け、絶版を命じられました。馬琴の『伊波伝毛乃記』によれば作者の京伝は手鎖、蔦重は財産の半分を没収（作者未詳『山東京伝一代記』[11]では重過料）、出版前に検閲を担当した地本問屋行事も罰せられました。

『伊波伝毛乃記』の記事を現代語訳して引用します。

〈現代語訳〉公に洒落本が禁じられ、草双紙であっても、博奕や遊里、遊客のことを書き表すことは許されなかった。しかし、耕書堂蔦屋重三郎は利欲に迷って禁を犯し、京伝に勧めて二種の洒落本を書かせ、翌春に出版する際に、袋の表に「教訓読本」と書いて売り出した。その作品は『錦之裏』という吉原を描いた洒落本と、『仕懸文庫』という深川を描いた洒落本などである。作中の人名は、鎌倉将軍の時代のものにしてあるけれども、実際の内容は、もっぱら現代の遊里の様子を細かく書いたものであった。この二つの作品はよく売れて、版元は多くの利益を得た。

寛政三年に蔦重から売り出された京伝の洒落本は三作で、『錦之裏』と『仕懸文庫』のほかに『娼妓絹籭（しょうぎきぬぶるい）』があります。これも吉原を描いた洒落本です。京伝と蔦重らの処分については、次のように書かれています。

〈現代語訳〉寛政三年の夏の頃、例の作品のことで、銀座一丁目京伝こと家主伝左衛門の息子の伝蔵、通油町善右衛門店（だな）の重三郎、ならびに地本問屋行事二名を、町奉行所へ召させられ（初鹿野（はじかの）河内守（かわちのかみ）殿の御担当）、禁を犯して洒落本を出版し、かつ、これを「教訓読本」と唱えて、昔の人名を借りて現代の風俗を書き表したことは不埒（ふらち）であるとして、数日お取り調べがあった。一同、売り上げによる利益にこだわり、御下知を忘却した不調法の罪に平伏したので、しばらくあって、それぞれに罰が仰せ付けられた。作者京伝は手鎖、五十日で赦免。版元重三郎は財産の半分を没収。地本問屋行事二名は同じ仕事に就くことを禁じた上で追放。『錦之裏』『仕懸文庫』とそれ以前に出版された洒落本も、みな絶版を命じられた。地本問屋行事二名には、蔦屋からひそかに支援金を贈った。蔦屋は太っ腹の男なのでさほど畏（かしこ）まった風ではなかったが、京伝は深く恐れて、それからは謹慎第一の人となった。

この記事が伝えている、京伝の態度は、先ほど紹介した『箱入娘面屋人魚』の挨拶文からうかがえる姿に通じるものです。

筆禍事件の後、京伝は洒落本を執筆しなくなりました。寛政元年に過料に処せられた後、戯作をやめたいと思っていたのにやめられなかったのは、蔦重から潤筆料（原稿料）をもらっていたことも一因だと思われます。潤筆料の習慣についても『伊波伝毛乃記』に記事があります。言葉を補いつつ現代語訳してみましょう。

〈現代語訳〉寛政年中に、京伝と馬琴の書いた草双紙（黄表紙）が大変流行するにおよんで、耕書堂（蔦重）と仙鶴堂（鶴屋喜右衛門）は相談し、初めて二人の著作の潤筆（原稿料）を定め、（二人が）この二軒の版元以外のために作品を書くことがないようにした。京伝と馬琴はこれを許容し、六、七年経ち、ますます（その作品が）流行して、他の多くの版元から文句が出るようになったので、耕書堂・仙鶴堂もこれを拒むことができず、広く（他の版元へも）著作を与えて出版させるようになった。

作者に原稿料を送る習慣は蔦重と鶴屋から始まったと馬琴は述べています。絶版となった京伝の洒落本の場合、寛政二年の七月に潤筆料の一部が支払われていたとの記事が『山東京伝一代記』にあります。なお同書には、寛政三年の五、六年前（つまり天明五、六年頃）から京伝が原稿料を得ていたとも記されています。

### 黄表紙のなかの蔦重

寛政三年、蔦重は書物問屋の仲間に加入しました。黄表紙や洒落本などの戯作は江戸の市中で流通する地本ですが、書物は江戸以外の地域に流通する書籍です。蔦重は地本だけでなく書物の出版・流通にも参入することで、経営の安定をはかったものと考えられています。(12)

図2　京伝の講釈を聴く蔦重。富士山形に蔦の紋をつけた羽織を着ている。『人心鏡写絵』国立国会図書館所蔵

寛政期の京伝の黄表紙には、売れる新作を得ようとする蔦重の姿を戯画的に描いているものがあります。例えば『堪忍袋緒〆善玉』（寛政五年刊）の冒頭には、蔦重が京伝の書斎を訪れ、原稿の催促をしている様子が描かれています（一五一頁、図4参照）。蔦重は「いま一番、先生御株の悪魂の作を願はねばならぬ」と言っていますが、これは京伝の黄表紙『心学早染草』（寛政二年刊、大和屋版）が人間の善心（善魂）と悪心（悪魂）を擬人化して人気を博したことから、後編にあたる『人間一生胸算用』（寛政三年刊、蔦重版）に続き、さらに三作目を求めてい

るのです（『堪忍袋緒〆善玉』がその三作目にあたります）。

また、『人心鏡写絵』（寛政八年刊）には、心学の講釈をする京伝と、それを聴く蔦重の姿が描かれています（図2）。蔦重は「今夜の講釈はよく覚へて草双紙にしましやう」と述べており、商売に余念がありません。

ところで、蔦重自身にも黄表紙の作があり、その挿絵に自ら登場している作品があります。『身体開帳略縁起』（寛政九年刊）では、最後の紙面（図3）に裃を着て供を連れた蔦重の姿が描かれています。蔦重は読者に挨拶し、「当年は作者払底につき私自作、いたつて拙き一作の草紙御目に入ます。相変はらず御求御覧下されませう」（今年は作者が払底しているので、私の自作、たいへん拙い作品をお目にかけます。お求めいただき、ご覧下さいますよう）と述べてい

図3　挨拶する蔦重。『身体開帳略縁起』東京都立中央図書館特別文庫室所蔵

ます。

寛政九年の蔦重版の黄表紙には、京伝の読本「〈和国小説〉忠義大星水滸伝」の広告がみられます。当時、中国小説の『水滸伝』が人気を集め、また、赤穂(あこう)事件を題材にした実録が人々に読まれていたことから、蔦重はそれらを題材にした読本の出版を企画していたと考えられます。

しかし、蔦重はその完成を見ることなく、寛政九年五月に脚気(かっけ)で死去しました。享年四十八。京伝の読本は『忠臣水滸伝(ちゅうしんすいこでん)』の題で、二代目の蔦重によって世に出されることとなりました。

# 狂歌人

大田南畝（四方赤良）
朱楽菅江
石川雅望（宿屋飯盛）

# 大田南畝（四方赤良）

一七四九年～一八二三年。幕臣。文人、狂歌人、戯作者。
『万載狂歌集』『老莱子』などの編者。

## 「江戸の知の巨星」

令和五年（二〇二三）、大田南畝の没後二百年を記念して、たばこと塩の博物館（東京都墨田区）で特別展「没後２００年　江戸の知の巨星　大田南畝の世界」が開催されました。江戸の知の巨星――これは、まさに南畝という人の本質を言い当てていると思います。

大田南畝は幕臣で、寛延二年（一七四九）に江戸の牛込仲御徒町に生まれました。本名は大田覃、通称は直次郎といいます。大田家は将軍の警護や城内での警備などを行う御徒の身分でしたが、南畝はのちに人材登用試験を受けて支配勘定となり、孝行奇特者取調御用を命じられて『孝義録』（各地の孝行者・奇特者の記録をまとめたもの）の編纂に従事し、大坂の銅座や長崎奉行所にも勤務しました。また、勤めの傍ら、古典籍を写し、漢詩や狂詩、狂文を作り、天明期には狂歌の大流行の中心人物となりました。黄表紙や噺本などの戯作のほかにも、随筆、紀行、そして膨大な記録類を残したことでも知られています。

南畝については多くの研究があります。なかでも浜田義一郎氏の『大田南畝[1]』と小林ふみ子氏の『大田南畝　江戸に狂歌の花咲かす[2]』は、南畝の一生とその活動を知るには最適のものです。また、『大田南畝全集　第二十巻[3]』には詳細な年譜が収録されています。

本章では、これらの研究文献に導かれながら、南畝の人生の一部をたどってみたいと思います。

## 狂詩集『寝惚先生文集』

南畝は宝暦十三年（一七六三）、十五歳の時に、江戸六歌仙といわれた歌人の内山賀邸（内山椿軒）に入門しました。また、明和三年（一七六六）頃には漢学者の松崎観海にも入門しています。

明和三年に刊行された『明詩擢材』は中国の明代の詩の語彙を分類した書で、南畝の初めての編著書です。見返しに「南畝先生輯」とあり、「南畝」の号が用いられています。この号は、姓が大田であることにちなみ、『詩経』小雅の大田篇の一節「大田多稼、既種既戒、既備乃事、以我覃耜、俶載南畝、播厥百穀」からとったものです。

明和四年、十九歳の時に出版された狂詩集『寝惚先生文集』には、南畝の戯作の才能が早くもあらわれています。狂詩は漢詩と同じ形式をとりながら世俗的な題材も扱うものです。近世詩歌研究者の揖斐高氏は、南畝の用いた「寝惚先生」という号が「先生ねぼけたか」という流行語をふまえたものであり、『寝惚先生文集』の書物としての仕立て方が服部南郭の『南郭先生文集』のような古文辞派の詩文集のパロディーになっていることを指摘しています。[4]

この『寝惚先生文集』が出版にいたるまでには、内山賀邸の門人である平秩東作が大きな役割をはたしました。東作は南畝より二十三歳年上で、内藤新宿（現在の東京都新宿区新宿一〜三丁目）で煙草屋を営んでいた町人です。南畝が東作に出会った時、南畝は十四、五歳だったといいます。(5)『寝惚先生文集』が出版されるまでの経緯について、東作の随筆『莘野茗談』(6)には次のようにあります。

〈現代語訳〉寝惚先生文集という狂詩集は、友人の南畝が十七歳ばかりの時に私のところに来て、最近気晴らしに狂詩を作ったと二十首ばかり持ってきたのを、申椒堂（須原屋市兵衛）に見せたところ、是非ともと懇願されたので、序、跋、文章などを書き足しておくったところ、ことのほか好評で、次々に同じような狂詩が出た。［中略］南畝は狂詩がいたく上手である。

〈原文〉寝惚先生文集といへる狂詩集は、友人南畝が十七ばかりのとき、予が方へ来りて、此頃なぐさみに狂詩を作りたり、とて二十首ばかり携来りしを、申椒堂に見せければ、達て懇望しける故、序、跋、文章など書足して贈りけるに、ことの外人の意にかなひて、追々同案の狂詩出たり［中略］南畝は狂詩いたりて名人也

『寝惚先生文集』には、江戸の元日のようすを詠んだ「元日篇」、江戸の名所を詠んだ「江戸見物」、江戸の名物である錦絵（多色摺りの浮世絵）を詠んだ「詠東錦絵」などの狂詩や、歌舞伎役者の瀬川菊之丞が描かれた絵の賛として作られた「一枚絵瀬川菊之丞が賛」などの狂文が収められています。揖斐高氏は、本書の特色の一つは江戸自慢と江戸風俗の謳歌であるとしつつ、「元日篇」などには貧しい生活を嘆く表現も見られると述べています。

もっとも、収録作のすべてが南畝の作というわけではないようです。『莘野茗談』には、『寝惚先生文集』に収められている「送下官唐人還朝鮮」は東作の作品であると書かれています。南畝がもともと持ってきた狂詩は「二十首ばかり」だったとのことですが、『寝惚先生文集』にはそれ以上の数の狂詩・狂文が収められていることから、「送下官唐人還朝鮮」以外にも南畝ではない作者の作品が含まれている可能性があります。(7)

なお、『寝惚先生文集』には風来山人こと平賀源内が序文を書いています。源内は本草学者であり、談義本『風流志道軒伝』（宝暦十三年刊）などの作者として知られていました。著名人の源内が序文を寄せたことは、出版の実現を後押しするものになったと考えられています。[8] また、『寝惚先生文集』に収められている狂詩・狂文には源内の影響があちこちに見られることも指摘されています。[9]

## 狂歌人、四方赤良

明和六年(一七六九)、内山賀邸の門人である小島橘洲の家ではじめて狂歌の会が開かれたと、南畝はのちに記しています。[10] 随筆『奴凧』によると、この時に集まったのは南畝、大根太木、馬蹄、大屋裏住、平秩東作などでした。小島橘洲と馬蹄は田安家の武士、大根太木は辻番請負、大屋裏住は大屋(貸家業)です。また、小島橘洲はのちに唐衣橘洲として狂歌界に名を馳せますが、この「唐衣」の号をつけたのは内山賀邸であったといいます。

橘洲は文化十四年(一八一七)に刊行された『狂謌弄花集』の序文[11](序文の年時は寛政九年〈一七九七〉)のなかで、次のように振り返っています。

〈原文〉四方赤良は予が詩友にてありしが、きたりて、おほよそ狂歌は時の興によりてこそよむなるを、ことがましくつどひをなしてよむしれものこそをこなれ、我もいざしれものの仲ま入せむとて、大根ふときてふものをともなひ来り、太木また木網・智恵内子をいざなひ来れば、平秩東作・浜辺黒人など類をもてあつまるに、二とせばかり経て朱楽菅江また入来る。これまた賀邸の門にして、和哥は予が兄なり。［中略］かの人々よりより予がもと、あるは木網が庵につどひて、狂詠やうやくおこらんとす。

図1　四方赤良。『吾妻曲狂歌文庫』東北大学附属図書館所蔵

四方赤良は南畝の狂名です。狂歌は即興で詠むものなのに、わざわざ集まって詠むとは、なんと愚か（「をこ」）であることか。自分もその愚か者（「しれもの」）の仲間入りをしようではないか――。ここには、狂歌という遊びに積極的に加わろうとする南畝の姿があります。[12]

さて、ここに名前が出ている赤良（南畝）、橘洲、東作、朱楽菅江はいずれも内山賀邸の門人でした。同門のつながりが、いわば一つの核となり、類は友を呼び（「類をもてあつまるに」）、狂歌の集まりが盛んになっていったことがうかがわれます。大根太木に誘われて来た「木網」は元木網で、南畝の『奴凧』には「京橋北紺屋町の湯屋なり」とあります。智恵内子は元木網の妻です。狂歌の会が、武士と町人が入り混じった遊びの場であったことがわかります。

## 『万載狂歌集』をめぐって

天明三年（一七八三）、南畝と朱楽菅江が編集した『万載狂歌集』が須原屋伊八から出版されました。書名は勅撰和歌集の『千載和歌集』をもじったもので、内容も春・夏・秋・冬・離別・羇旅・哀傷・賀・恋・雑・釈教・神祇と、勅撰集にならった部立てになっています。収録された狂歌は七百四十八首、作者は二百名以上にのぼりました。天明二年には橘洲も『狂歌若葉集』（天明三年正月刊）の編集を進めており、南畝が対抗意識から本書を編んだとする説もあります。[13] 天明五年には同じく須原屋から、続編として『徳和歌後万載集』も出版されました。

『万載狂歌集』には南畝の狂歌が多数収録されています。その一つを紹介しましょう。

　秋の夜の長きにはらのさびしさはただぐうぐうと虫のねぞする

秋の夜長、空腹のあまり、ぐうぐうとお腹がなってしまう。直訳すればこのような意味で、たわいもない歌ですが、秋・夜長・虫の音が縁語になっており、虫を腹の虫に転じているところがおもしろいところです。ちなみにこの狂歌は『古今和歌集』の藤原敏行（ふじわらのとしゆき）の和歌「秋の夜の明くるも知らずなく虫はわがごと物や悲しかるらむ」を本歌とするとされています(14)。

さて、この『万載狂歌集』ができるまでの過程を、『平家物語』の平忠度（たいらのただのり）の都落ちや安徳帝の入水（じゅすい）のエピソードにこじつけておもしろおかしく創作したのが恋川春町作・画の黄表紙『万載集著微来歴（ちょびらいれき）』(15)（天明四年刊）です。

『平家物語』では、平忠度が都落ちをするときに『千載和歌集』の撰者である藤原俊成（ふじわらのしゅんぜい）に自作の和歌を託します。『万載集著微来歴』ではこれを滑稽にひねって、平忠度が俊成に和歌を託そうとして断られてしまい、俊成の部下の四方赤良（図2）

図2　作中の四方赤良。『万載集著微来歴』東京都立中央図書館特別文庫室所蔵

を頼るという展開になっています。作中には四方赤良の草履取りとして酒上埒内（恋川春町の狂名酒上不埒のもじり）も登場し、平維盛が出家して元木網と改名したという設定で元木網と智恵内子の夫婦も登場します。結末は、狂歌が流行して和歌を詠む人がいなくなり、俊成自身も朱楽菅江と改名して『万載集』に狂歌を載せ、四方赤良は御歌所ならぬ御狂歌所の別当に出世するというもので、めでたく終わっています。

**黄表紙の評判記と蔦重**

黄表紙は同時代のさまざまな出来事や流行に取材し、それを古今の物語や歴史的事実などに結びつけて荒唐無稽な世界を作り出し、読者の笑いを誘う絵入りの戯作です。いま紹介した『万載集著微来歴』には、そうした黄表紙の特色がよく表れています。

ここで少し時間を巻き戻します。南畝は安永十年（一七八一）に、その年の正月に出版された黄表紙四十七作を評する『菊寿草』を著し、翌天明二年にも、その年の正月新版の黄表紙四十六作を評する『岡目八目』を著していました。[16]『菊寿草』については「蔦屋重三郎」の章でふれましたが、『岡目八目』もまた、役者評判記（歌舞伎役者を立役・敵役・女形などに分けて位付けをし、その芸を評する書物）の形式をとった黄表紙評判記でした。この二つの書では黄表紙の一作一作を役者に見立てて、あたかも役者を評するようにほめたり、時にはけなしたりしています。こうした評判記を書くこと自体が遊びであり、趣味的な著作（戯作）だったと言えるでしょう。

近世文学研究者の中野三敏氏は、『菊寿草』で上位に置かれているのは朋誠堂喜三二、恋川春町、芝全交、市場通笑などの「先輩作者」であるとし、「それはいわば挨拶であって、批評といえるほどの見方が示される事はない」「意図的に行なわれたのは新進板元蔦重の尻押し程度の事ではなかろうか」と述べています。[17]立役之部の最上位に置かれた『見徳一炊夢』（朋誠堂喜三二作）、道外形之部の最上位の『一粒万金談』（朋誠堂喜三二作）、若女形之部の最上位の『漉返柳黒髪』（朋誠堂喜三二作）は、いずれも蔦重から出版された黄表紙でした。『岡目八目』でも、立役之部の最上位の『景清百人一首』（朋誠堂喜三二作）や敵役之部の最上位の『我頼人正直』（恋川春町作）が蔦重版の作品です。

南畝は文化十三年（一八一六）に記した備忘録『丙子掌記』に、当時を振り返って次のように記しています。

---

〈現代語訳〉評判記の題名を菊寿草という。このとき、立役之部・女形の部の巻頭はともに蔦屋版の作品で、喜三二作のものであったので、蔦屋重三郎は大変喜んで、初めて私のところに会いに来た。

〈原文〉評判記の名を菊寿草と云。此時、立役・女形の巻頭ともに蔦屋の版にて、喜三二の作なりし故、蔦屋重三郎大によろこびて、はじめてわが方に逢ひに来れり。

---

蔦重が南畝を訪問したのは『菊寿草』の刊行からまもなくのことと推測されています[18]。その後の両者の交流を文献から拾ってみると、天明二年（一七八二）三月九日に南畝は朱楽菅江とともに土山宗次郎（つちやまそうじろう）（老中田沼意次（たぬまおきつぐ）の政権下で勘定組頭を務めた人物）の供をして新吉原で遊んだ後、翌朝に蔦重の店に立ち寄っており（南畝『三春行楽記』）、十二月十七日には南畝・菅江・恋川春町らが招かれて蔦重の店を訪れています（春町「としの市の記」[19]）。蔦重も南畝に働きかけ、天明三年正月には南畝編『通詩選笑知』を、天明四年正月には南畝編『老莱子（ろうらいし）』を刊行しています。南畝と同好の人々との集まりは狂歌や戯作が生まれる場でもあり、蔦重はそこに版元としてかかわってゆきました。『老莱子』はそれがよくわかる作品のひとつです。次に、この作品について見ていきましょう。

## 『老莱子』と『通詩選笑知』

天明三年三月、南畝の母の利世（りせ）の六十歳を祝して狂歌大会が開かれました。次に引用するのは、この催しに際して南畝が自身を中心とする狂歌グループ「四方連」

の人々に送った案内状の文面です。

〈現代語訳〉来たる三月二十四日、晴れでも雨でも、火打ち箱ほどに小さい私の家で、朝から暮れ方まで狂歌の大会を催します。何万人でも、おいでになってください。当日御出席の方々、狂歌・狂文を集めましたら、おおかた、本屋がほしがるものと思います。ただし、長時間のことゆえ、お腹が空かないように工夫してくださいますよう。めでたくかしく。

ご存じより

四方連の皆様

〈原文〉来る三月廿四日晴雨とも、火打箱ほどな私宅において、朝つぱらより暮方まで、狂歌大会仕候間、何万人なりとも御来駕可被下候。当日御出席の御方、狂歌狂文とりあつめ候はば、大方本屋がほしがり可申候。但長日の義故、御ひもじくない様に御工夫可被成候。めでたくかしく

御存より(20)

四方御連中様

参加者が寄せた狂歌と狂文は、南畝編『老莱子』に収められ、天明四年に蔦重か

ら出版されました。巻一から巻四までが狂文、巻五が狂歌という構成で、祝賀の気分に満ちた楽しい作品集です。平秩東作、元木網、智恵内子、朱楽菅江、浜辺黒人、大屋裏住など南畝の古くからの狂歌仲間のほか、手柄岡持（朋誠堂喜三二）、酒上不埒（恋川春町）、歌舞伎役者の五代目市川団十郎、三代目瀬川菊之丞、落語中興の祖といわれる烏亭焉馬、南畝が『岡目八目』で絶賛した山東京伝なども作品を寄せています（京伝は「身軽折介　一名政演」として掲載）。案内状は四方連の人々に向けたものでしたが、『老萊子』に名前の見える人々には、数寄屋連、本丁連、朱楽連、吉原連、堺丁連、小石川連などの人々も含まれています。[21] 南畝の交友の広さが見て取れます。

案内状に「大方本屋がほしがり可申候」とあることから、この催しは、当初から作品を書籍にして出版することを念頭に企画されたことがうかがえます。鈴木俊幸氏は、蔦唐丸という狂名を持っていた蔦重もこの催しに参加していたはずであるとし、その狂歌・狂文が『老萊子』に掲載されていないことから、蔦重の参加のしかたは他の人々とは異なり、より実務的に会の運営にかかわるかたちだったのではないかと推測しています。[22]

南畝のまわりに人々が集まり、作品が生みだされる構図は、天明三年正月刊行の『通詩選笑知』についてもあてはまります。これは『唐詩選』収録の詩をもじった作品を集めた狂詩集で、南畝の子の髪置の祝いの日に蔦重に催促されて編んだものであることは「蔦屋重三郎」の章でふれた通りです。収録作の「祝儀歌」の頭注に、十一月九日の髪置の祝儀の夜に作者たちが集まってこの書を作り上げたと書かれていることなどから、一書全体が南畝と仲間たちの合作かと考えられています。[23]

ちなみに『通詩選笑知』という書名は『唐詩選』の注釈書『唐詩選掌故』（千葉芸閣著、明和元年刊）のもじりで、頭注付きという体裁も『唐詩選掌故』をまねたものでした。[24]書籍の形式をも模倣したパロディーである点は、『寝惚先生文集』と共通していると言えるでしょう。

なお南畝は、同じく『唐詩選』をもじった狂詩集として、天明四年に『通詩選』、天明七年に『通詩選諺解』を編んでいます。これらも蔦重から出版されました。

### 三穂崎との出会いと別れ

天明六年七月、南畝は新吉原遊廓の松葉屋の遊女、三穂崎を身請けしました。南畝と三穂崎が初めて会ったのは天明五年の十一月のことでした。南畝の三穂崎に寄せる思いは、「三保の松」の題のもとにまとめられた一連の狂歌からうかがうことができます。歌意を示しつつ、いくつか抜粋してみましょう。

　天明六のとし正月二日、松葉屋にあそびて

一富士にまさる巫山の初夢はあまつ乙女を三保の松葉や

〈歌意〉松葉屋の、天女のような三穂崎と結ぶ初夢は、初夢に見るとよいという富士山の夢にまさるものだ。

　雨ふる日、坂本にて

をやまんとすれども雨のあししげく又もふみこむ恋のぬかるみ

〈歌意〉少し止むかと思ったが、雨脚は強く（少しは恋心がおさまるかと思ったが、足繁く通い続け）、またもや恋のぬかるみに踏み込んでしまった。

　寄水恋

我恋は天水桶の水なれや屋根よりたかきうき名にぞたつ

〈歌意〉私の恋は天水桶の水なのだろうか。屋根よりも高く浮き名が立っている。

新吉原の妓楼は、火事に備えて建物の屋根の上に天水桶を設置していました。南畝は自分と三穂崎をめぐる噂が立っているのを、その天水桶にたとえて表現しています。

南畝に身請けされた三穂崎は名を阿賤と改めましたが、八月には病気になり、逍遥楼（新吉原の妓楼大文字屋の別荘）に移りました。

あらしはげしきあした、やめる女のもとを立出侍りて

しづが家を野分のあしたいでていなばおかしけるとや人のおもはん

〈歌意〉野分の吹く朝に阿賤の家から出て来たら、おかしなことだと人に思われるだろう。

阿賤はその後、南畝の家の離れに住んだと推察されていますが、[25]身請けから七年後の寛政五年の六月に病死しました。

南畝は天明七年に、松葉屋の年中行事や慣習について阿賤に聞き取りをしていました。それをまとめたものが『松楼私語』です。引用は省略しますが、妓楼には実に細かな決まり事のあったことがわかる貴重な資料です。こうした記録が今に伝わるのも、どんなことも書き留めて保存していた南畝のおかげです。

## 寛政の改革下で

天明七年六月に松平定信が老中に就任し、寛政の改革が始まると、南畝と狂歌界の関係にも変化が生じます。

天明七年正月、蔦重から南畝編の『狂歌千里同風』が出版されました。四方連の人々による歳旦狂歌集（元旦を祝して作った狂歌を集めたもの）です。国立国会図書館所蔵本には南畝自筆の識語があり、そこに「文月の比何がしの太守新政にて文武の道おこりしかば、此輩と交をたちて家にこもり居りき」とあります。[26]この「何がしの太守」は松平定信のことと推察されます。ちなみに文武奨励策について南畝が

「世の中に蚊ほどうるさきものはなしぶんぶといふて夜もねられず」という狂歌を詠んだとの伝説がありますが、これが南畝の狂歌ではないことは既に論証されています。(27)

さて、同じ天明七年正月の出版とみられる『狂歌才蔵集』(蔦重版)は、『万載狂歌集』『徳和歌後万載集』に続く南畝編の狂歌集ですが、羇旅の部に削除の跡があり、もともとは平秩東作が蝦夷を旅した際に詠んだ狂歌を載せていたのを公儀をはばかって削除したものと推測されています。平秩東作は土山宗次郎と親しくしており、天明三年から四年にかけての東作の蝦夷旅行は土山の内命によるとの噂があったといいます。(28)

土山は大文字屋の遊女誰袖を身請けするなど派手な生活をし、天明六年には公金横領が発覚して出奔、天明七年十二月に死刑に処せられました。寛政元年には土山と誰袖をモデルとした黄表紙『奇事中洲話』(山東京伝作、蔦重版)が出ており、(29)土山の事件は江戸の人々の耳目を集めるところだったと想像されます。

天明八年に出版されたと推測されている南畝の狂文集『四方のあか』は、巻首に著者である南畝の名前はありません。序文を宿屋飯盛(石川雅望)が書き、巻末にも飯盛の狂歌「歌よみは下手こそよけれあめつちの動きいだしてたまるものかは」が置かれています。このように自身の名を明かさず飯盛の著作のように見える体裁をとったのは、土山と交流のあった南畝が当局の意向をはばかったものと考えられています[30]。

### 「蜀山人」の由来

寛政六年（一七九四）、南畝は学問吟味（人材登用試験）を受けました。四月には学問出精が評価され、褒賞として銀十枚を賜っています。寛政八年には支配勘定に昇進し、寛政十一年からは孝行奇特者取調御用方として『孝義録』の編纂にたずさわり、寛政十二年に終了、同年八月には褒賞として白銀十枚を賜りました。

寛政十三年には大坂の銅座勤務を命じられ、二月の末に江戸を出発しました。品川の先の大森では、寛政三年から成子村に逼塞していた宿屋飯盛と、寛政六年に南畝から狂名の「四方」姓を譲られた鹿都部真顔らの見送りを受けています[31]（宿屋飯盛が成子村に逼塞した事情については「石川雅望（宿屋飯盛）」の章で述べます）。

大坂に出た南畝は、「蜀山人」の号を使うようになります。銅座の「銅」の別名を蜀山居士と称することにちなんだものです。[32]南畝といえば、四方赤良よりも蜀山人の号の方が知られている印象もありますが、大坂の銅座勤務にならなければ、この号を使うことはなかったのかもしれません。

大坂では、南畝の狂歌を無許可でしたためた「蜀山せんべい」も作られていたといい、南畝は人気者だったようです。[33]在坂中は木村蒹葭堂(きむらけんかどう)、上田秋成(うえだあきなり)といった当時の大坂を代表する知識人とも交流がありました。

文化元年(一八〇四)には長崎奉行所勤務を命じられ、ロシアのレザノフの使節とも会っています。文化二年に江戸に戻った後は支配勘定として勤務を続けました。文政六年(一八二三)に死去、享年七十五。その墓碑は東京都文京区の本念寺にあります。

# 朱楽菅江(あけらかんこう)

一七三八年〜一七九八年。幕臣。狂歌人、戯作者。『万載狂歌集(まんざいきょうかしゅう)』『狂言鶯蛙集(きょうげんおうあしゅう)』などの編者。

### 狂名の由来

朱楽菅江は大田南畝とともに江戸における狂歌流行の一翼を担った人物です。寛政十年（一七九八）十二月に六十一歳で死去[1]、生年は元文三年（一七三八）で、南畝より十一歳年上です。

南畝の記すところによると、菅江は本名を山崎景基(かげもと)（のちに景貫(かげつら)）といい、幕府の先手(さきて)与力をつとめていました。和歌を詠み、俳諧を好み、前句付(まえくづけ)をたしなみ、俳名を貫立と名乗っていましたが、人々が心安く「貫公、貫公」と呼んだので、それ

図1　朱楽菅江。『吾妻曲狂歌文庫』東北大学附属図書館所蔵

が狂名になったとのことです。朱楽という字を付け加えたのは、安永の頃に南畝の家で集まりがあった時に、行灯に貼ってあった紙に「我のみひとりあけら菅江」とふざけて書いたのが最初であったといいます。(2)

菅江の和歌の師匠は内山賀邸です。「大田南畝」の章に記したように、内山賀邸のもとには若き日の南畝や唐衣橘洲など、のちに狂歌壇で活躍する人々が集まっていました。菅江について、橘洲は『狂謌弄花集』(3)の序文に「これまた賀邸の門にして、和哥は予が兄なり。和歌のちからもて狂詠おのづから秀たり」(内山賀邸門下で、和歌は私の先輩にあたる。和歌の力があるので、狂歌の作もおのずから秀でていた)と記し、南畝も随筆『奴凧』に「内山先生に学びて本歌をよみし人也」(内山賀邸先生に学び、和歌を詠む人であった)と記しています。

菅江が狂歌の集まりに参加するようになったのは明和九年（安永元年、一七七二）頃と考えられています。[4]『狂詞弄花集』の橘洲の序文には、菅江が狂歌の会に加わるようになったのは、南畝が大根太木や元木網、智恵内子、平秩東作、浜辺黒人ら同好の人々と集まるようになってから二年ほどあとのことだったとあります。

## 洒落本を書く

天明期には南畝とともに『万載狂歌集』を編み、狂歌壇のリーダーのひとりとして活躍する菅江ですが、それより少し前の安永期には洒落本も執筆していました。その内容を簡単に紹介しましょう。

『売花新駅』（安永六年〈一七七七〉刊、新甲堂版）[5]は、嵐酒・嵐興・嵐雛という三人の人物が内藤新宿の岡場所で遊興する様子を描いたものです。甲州街道の宿駅の一つである内藤新宿は、元禄十一年（一六九八）に設置されましたが、享保三年（一七一八）にいったん廃され、明和九年に再興されました。『売花新駅』に取り上げられているのは再興後の内藤新宿で、飯盛女とよばれる遊女のいた岡場所の様子が描写されています。

『雑文穿袋』（安永八年刊、駿河屋版）[6]は、似山先生という人物が奴の此蔵に吉原で遊興した経験を漢語混じりで語った後、さまざまな漢語とその意味を此蔵に解説し、此蔵がそれを書き留めるという内容です。小難しく感じられる漢語を使って卑俗な遊里のことを述べるという落差がおもしろいのですが、これは洒落本の伝統的なスタイルの一つでした。[7]

『大抵御覧』（安永八年刊、版元不明）[8]は、今戸（現在の東京都台東区今戸）にあった料理茶屋の三橋亭、多数の茶屋が並んで賑わっていた埋め立て地の中洲（現在の東京都中央区日本橋中洲）、安永八年五月に竣工した高田の新富士（富士山を模した築山）という、三つの場所の様子を描いたものです。特に中洲の茶屋や芸者の名前が詳しく書かれているところに特色があります。南畝が寄せた序文には「当世花のお江戸の三景、大抵御覧あられませう」（いまの花のお江戸の三名所、おおよそごらんください）とあり、新しい江戸名所のガイドブックとしても読める内容になっています。

## 旗本土山宗次郎と菅江

天明二年（一七八二）の菅江の様子を、南畝の書いたものから拾ってみましょう。三月に、菅江は公家で歌人の日野資枝に入門しました。南畝の『一話一言』巻五には、「天明二年丑三月二十一日日野前中納言資枝卿へ御入門の和歌」として、「寄松祝」の題で淳時（内山賀邸）が詠んだ和歌が書き留められており、併記するかたちで「寄道祝」の題で孝之（土山宗次郎）・りつ夫妻が詠んだ和歌と、景貫（菅江）の詠んだ和歌「さかえ行道は難波津浅香山よのことばのかぞいろにして」が記されています。近世文学研究者の久保田啓一氏は、天明二年は資枝が江戸の門人の拡大をはかった時期であるとし、菅江の入門について、「決して安くはない謝礼の献上も日野家側から折々に求められただろう。引き換えに得られるのは、当代指折りの宗匠から添削指導を受けるという名誉、そして江戸の武家歌壇に名乗りを上げる資格を得ることのみといっても過言ではなかった。しかし、菅江にはそれこそが必要だったのであろう」[9]と述べています。

さて、ここに名前の出てきた孝之（土山宗次郎）は、「大田南畝」の章で述べたように、のちに公金横領などの罪で死刑に処せられる人物です。南畝の『三春行楽記』には、天明二年三月に南畝がたびたび土山宗次郎の遊興の供をしていたこと、そこに菅江もしばしば同席していたことが記されています。

例えば三月十八日には、土山に菅江・南畝ら数名がついてゆき、洲崎にあった料理茶屋の升屋、通称「望汰欄」で遊びました。「潮退、升・国共拾紫貝」とあることから、潮干狩りをした人々もいたことがわかります。南畝・菅江編の狂歌集『万載狂歌集』（天明三年刊）(10)に載っている菅江の次の狂歌は、この時のことが題材になっていると考えられています。

やよひのなかば洲崎なる望汰欄にまかりけるとき、人々庭より海つらの汐のひがたにおりたちて貝ひろはんとて、いざといひけれど、はらいたうへりければ

やれやれとしほのひるめしいそぐなり青うなばらのへるにまかせて

詞書を現代語訳すれば「三月半ばに洲崎の望汰欄へ出かけた時、人々が庭から海辺の干潟に下りて潮干狩りをしようと言ったけれど、自分はとてもお腹がすいていたので」となります。狂歌は、潮干狩りに急ぐ人々と昼飯を急ぐ自分とを重ね合わ

せ、「ひる」に潮の「干る」と昼飯の「昼」を掛け、潮が引くさまを「青海原のへる」と表現して「へる」に腹の「減る」を掛けています。情景があざやかに見えてくる一首です。

## 『吉原細見五葉松』の狂歌

「大田南畝」の章でも述べましたが、この洲崎での遊興より少し前、天明二年の三月九日に、菅江は南畝らと土山の供をして吉原で遊び、翌日に蔦重の店を訪れています。このあたりが、菅江と蔦重の交流が確認できる上限のようです。

天明三年には、蔦重版のいくつかの出版物に菅江の名前が見えます。そのひとつが吉原細見の『吉原細見五葉松』(11)です。

この書について、少し詳しく紹介しましょう。表紙を開くと、見返しに遊女の階級と揚げ代、年中行事のある日などが記されており、その左側の紙面、現代でいうと一ページ目に朋誠堂主人（喜三二）による序文があります。そのあとに五十間道・大門口・仲之町（新吉原の中央にある大通り）などを図示した紙面と、妓楼（ぎろう）の主人と抱えの遊女、芸者の情報を記した紙面が続き、最後に四方山人（よもさんじん）（大田南畝）による跋文があります。巻末の紙面（図2）には、見開きの右側に菅江の狂歌が配置され、その隣に「耕書堂蔵板目録」が掲載されています。この蔵板目録には南畝の『通詩選笑知』（天明三年刊）や朋誠堂喜三二の洒落本『娼妃地理記』（安永六年刊）など十八点の書名が掲げられており、富本節正本の宣伝もなされています。

菅江の狂歌は次のようなものです。

細見祝言　　　　あけらかん江

五葉ならいつでもおめしなさいけんかはらぬちよのまつのはんもと

書名の『吉原細見五葉松』にある「五葉」「細見」「松」を詠み込み、御用があればいつでもお召しください、千代も変わらぬ松のように版元は変わりませんよ、と述べています。

ここでちょっと考えてみましょう。「耕書堂蔵板目録」を載せるなら、狂歌を入れずに見開きの紙面のすべてを使うこともできたはずです。なぜ、わざわざ狂歌に紙面を割いたのでしょうか。

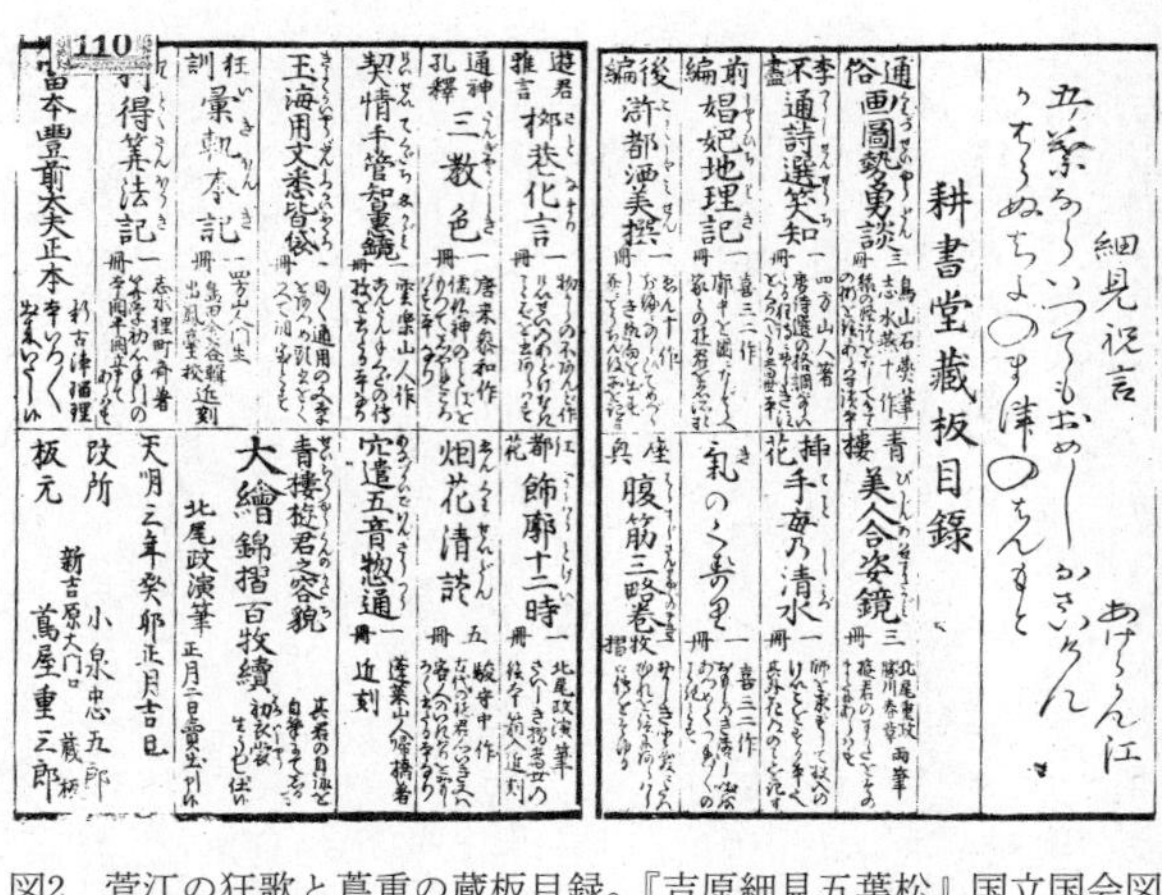
細見祝言

耕書堂蔵板目録

通俗画図勢勇談 三冊

青楼美人合姿鏡 三冊

不通詩選笑知 一冊 四方山人著

前編 娼妃地理記 一冊

挿花手毎乃清水 一冊

後編 遊都洒美撰 一冊

腹筋逢夢石

遊君 柳巷化言 一冊

通神 三教色 一冊 唐来参和作

契情手管智恵鏡 一冊

玉海用文恋皆俗 一冊

彙軌本紀 一冊

算法記 一冊

豊前太夫正本

飾磨十二時 一冊 北尾政演筆

烟花清談 五冊

五音惣通 一冊 近刻

青楼遊君之容貌

大繪 錦摺百枚續

北尾政演筆 正月二日売出

天明三年癸卯正月吉日

改所 小泉忠五郎

板元 新吉原大門口 蔦屋重三郎 蔵板

図2　菅江の狂歌と蔦重の蔵板目録。『吉原細見五葉松』国立国会図書館所蔵

ここに蔦重の工夫があるように思われます。南畝の跋文を読んで紙面をめくった読者は、菅江の狂歌に目を引かれるはずです。図版を見るとわかりますが、この部分は「耕書堂蔵板目録」の書体とは異なる、丸みを帯びた草書体で書かれています。特に「の」の字は円を描いたような特徴的な形になっています。これは菅江独特の書体で、「丸のの字」とも呼ばれています。この部分は菅江の自筆の版下を用いていると考えられます。

さて、その菅江の狂歌は、御用があればいつでも……と読者に呼びかける口調で始まり、「はんもと」を強調する内容になっています。そして、すぐ左に「耕書堂蔵板目録」があり、既刊・新刊・近刊を含めた蔦重版の書籍が列挙されています。そこには吉原細見の読者が関心を持ちそうな洒落本も含まれています。

このレイアウトをふまえて菅江の狂歌を読み直してみると、『吉原細見五葉松』の結びにふさわしく書名にちなんだ言葉を用いて祝いの歌を詠みつつ、版元をしっかりと宣伝し、蔦重版の書籍の広告になめらかにつながるものになっていることがわかります。狂歌を細見の巻末に載せるという蔦重のアイデアに、菅江は的確に応えていると言えるでしょう。

## 『狂歌師細見』――パロディーのおもしろさ

いま『吉原細見五葉松』について述べましたが、同じ天明三年に出版された平秩東作編『狂歌師細見』[12]は『吉原細見五葉松』の体裁を模倣して作られた、遊び心満載の狂歌人の名鑑です。

例えば、表紙には「狂歌師細見　毎月不改」とあります。情報の新しさを強調する吉原細見ならば「毎月大改」などとあるべきところを、正反対にして「毎月不改」としているのが笑いを誘います。見返しには「諸方会日付」として、いくつかの狂歌連の月例会の日付と参加費が書かれ、「年中月次兼題」として落栗連（元木網の率いる狂歌グループ）の各月の兼題（あらかじめ出しておく題）が掲げられています。これは吉原細見の見返しに「総直段其外合印」として遊女の階級と揚げ代を示し、「年中月次紋日」として年中行事の日を記しているのをもじったものです。

最初の紙面には朋誠堂主人による序文があります。これも『吉原細見五葉松』の喜三二の序文のパロディーになっており、「若緑春立初る松の内……」という書き出しも同じです（その後の文章は異なっています）。そのあとに五十間道と大門口、仲之町の図を模した紙面があり、続いて狂歌連を率いる人物とその連の人々、戯作者と画工の情報が、『吉原細見五葉松』の妓楼の主人と抱えの遊女、芸者の情報を示した紙面を模倣するかたちで掲載されています。菅江は妓楼の主人「節松葉屋かん」として書かれており、そこに菅江の率いていた朱楽連を中心とする人々の名前が列挙されています。その人数は四十五名ほどにのぼっています。[13] 筆頭は「ふし松」で、これは菅江の妻の節松嫁々の名を遊女風に表したものです。ちなみに「ふし松」には「よみだし」という階級名が添えられていますが、これは遊女の階級の一つである「よびだし」のもじりです。

巻末には四万山人の「狂歌師細見跋」があり、これも『吉原細見五葉松』の四方山人の跋文のパロディーです（「四万」も「四方」のもじりです）。その紙面をめくると、菅江の狂歌をもじった次の狂歌があります。

細見詫言　　　　のけらうんこう

御らふじたあとでおわらひなさいけんまはらぬふでのそこがしん作

「の」の字は「丸のの字」になっており、菅江の書体に似せていますが、細見の「祝言」ではなく「詫言」（おわび）になっていて、狂歌の内容はがらりと変わっています。歌の意味は、ごらんになった後で、お笑いくださいね、筆が回らないところが新作なのです、といったところでしょうか。朱楽菅江を「のけらうんこう」ともじっているのも笑えるポイントです。

ところで、この『狂歌師細見』には当時の狂歌壇の状勢を伝える貴重な情報も含まれています。

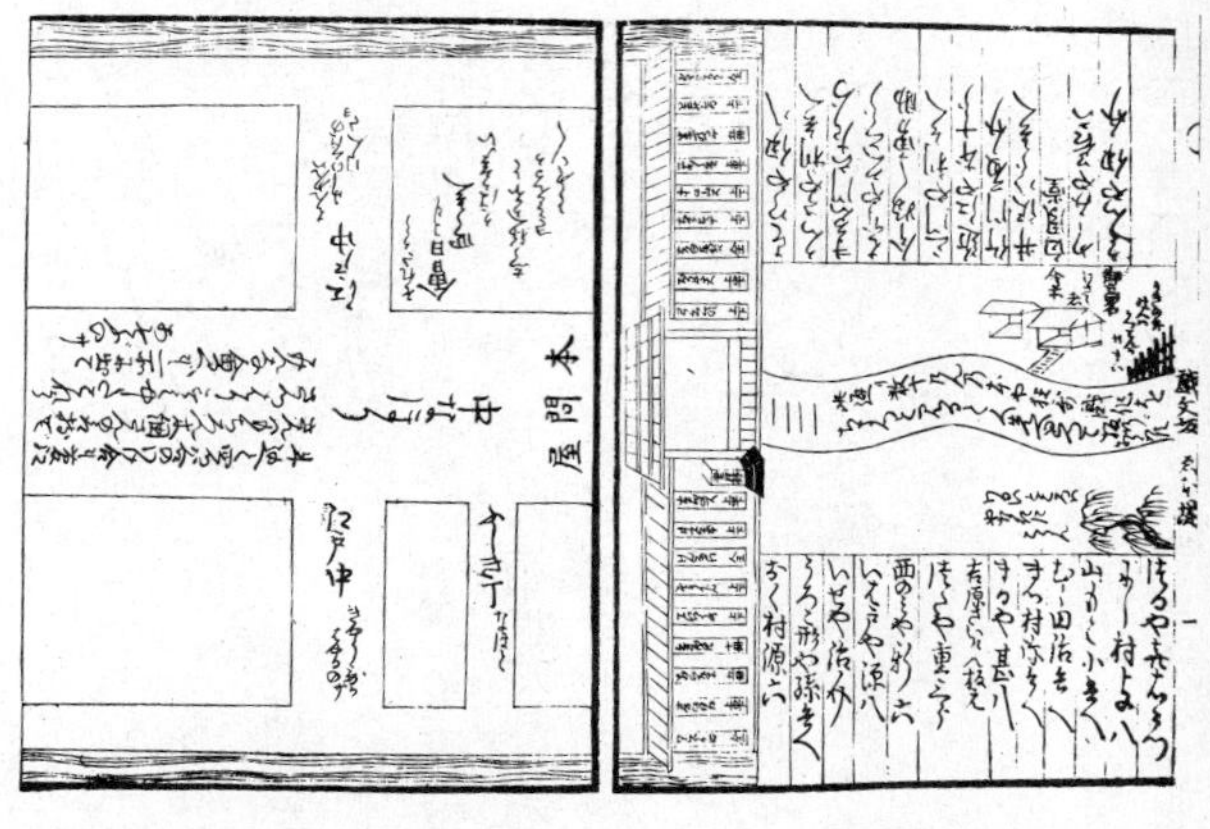

図3　左側の大通りに「中なほり」とある。『狂歌師細見』明治大学図書館所蔵

五十間道・大門口・仲之町の図を模した紙面（図3）を見てみましょう。右側にゆるやかに曲がった五十間道が描かれ、中央に屋根のある大門、左側に大通りが描かれています。このレイアウトは『吉原細見五葉松』所載の図と同じですが、大門にあたる所には「本問屋」とあり、仲之町にあたる大通りには「中なほり牛込と四つ谷のわけ合も菅江さんはもちろん木網さんの取持でさつぱりすみやした。これからみんな会へも一所に出てあそぶのサ」とあります。また、『吉原細見五葉松』では仲之町の通りの右側に「ふしみ丁とを

り」「江戸町一丁目通り」、左側に「江戸町一丁目通り」の表示がありますが、『狂歌師細見』ではその部分に「ふしぎ丁　なほど」「江戸中　きやう哥がはやるノサ」、「江戸中　はんぶんはにしのくぼの門人だヨ」と書かれています。

仲之町ならぬ「中なほり」の情報が貴重です。「牛込」は大田南畝のこと、「四つ谷」は唐衣橘洲のことです。この二人の「わけ合」（事情）が菅江と木網の取り持ちで解決した、とあります。「大田南畝」の章でふれましたが、当時、二人の間には『狂歌若葉集』（天明三年正月刊）をめぐって確執があったと言われています。菅江は二人の共通の友人であり、元木網は狂歌壇の長老的な立場であったことから、関係を改善する役割を果たしたのでしょう。ちなみに元木網は芝の西久保に住んでいました。「江戸中　はんぶんはにしのくぼの門人だヨ」という表現は、やや誇張があるとしても、狂歌壇における木網の存在感の大きさを伝えるものです。[14]

**蔦重と菅江**

天明三年、四年頃の菅江は、序文や跋文の筆者、あるいは作品の提供者として蔦重版の書籍にかかわっています。例えば天明三年に出版された南畝編の狂詩集『通詩選笑知』には菅江による「戯言」があり、志水燕十（しみずえんじゅう）の洒落本『滸都洒美撰（ことしゃみせん）』にも菅江による序文があります。

天明四年に出版された南畝編の狂文・狂歌集『老莱子』[15]では、菅江が南畝の母の六十歳を祝して寄せた狂文「六十賀すくする序」が巻之一の巻頭に掲載されています。菅江と南畝の親密さがうかがえます。同じ年に出された北尾政演（山東京伝）画の遊女絵集『新美人合自筆鏡』では、南畝が序文を書き、菅江が跋文を記しています。

菅江編、武士八十氏（もののふのやそうじ）・白川与布祢（しらかわよふね）・便々館湖鯉鮒（べんべんかんこりふ）の狂歌集『狂言鶯蛙（おうあ）集』[16]が蔦重から出版されたのは天明五年のことでした。自序に、はじめは「古こん馬鹿しふ」という題をつけようとしたが、二十一代集（勅撰（ちよくせん）和歌集の二十一作品）の最初の古今集をまねてあらぬ題号をつけるのは罪深いと言われ、恐れてその題号を削り、「狂言鶯蛙集」にしたと記されています。最終巻の巻二十には「耕書堂」の名で蔦重の狂歌「うりかひの千々（ちぢ）の黄金（こがね）もよみつきぬ三十一文字（みそひともじ）の和歌えびすから」が採られています。

天明五年八月には、蔦重の主催で橘洲・菅江・赤良（南畝）が集まり、それぞれの連の狂歌人にくじ引きで歌舞伎の役名を割りあてて狂歌を作らせ、匿名で評価をし、歌舞伎役者の評判記になぞらえて位付けをする催しがおこなわれました。その成果は『〈狂歌評判〉俳優風』(17)として蔦重から出版されています。そこに収録されている戯文「狂哥の店おろし」によれば「相場を菊合」によると、この催しは連の主導者の役割を有力な弟子に交代することを意図したものだったようです。

### 菅江は遊び人だった？

菅江の人柄が直接的にわかる資料はほとんどありませんが、いわゆる遊び人であったらしいことは、いくつかの資料から推測することができます。

天明三年刊行の洒落本『愚人贅漢居続借金』(蓬萊山人帰橋作、上総屋利兵衛版)は、四方赤良、志水燕十、朱楽菅江、雲楽、蓬萊山人帰橋の五人が作中に登場し、相撲見物をした後に深川の岡場所へ行くという内容です。その一節を引用します。

〈原文〉山の手の大先生。四方の赤良。燕十。菅江雲楽。帰橋。此愚人男。今日はめづらしくも。富が岡八まん宮の地内に。晴天十日の大角力有ければ。札はいたみの酒きげん。是も小口を菊の後。見物に気は樽さじき。［中略］［赤良］角力もおもしろいがちつと。土左ヱ門が蹴合やうで。いきな事はねへもんだ。虫歯のためにはよつほどわりい［菅］むしばで思ひ付た。小柴が所へでもよつて。鼻の下のこんりうと出やうじやァねへか。帰橋子。

赤良が角力(すもう)見物は虫歯に悪いと言っているのは、見物しているうちについ力が入って歯を食いしばってしまうからでしょうか。「虫歯」ということばを聞いた菅江は小柴の所に寄って何か食べよう、と提案しています。

浜田義一郎氏は、志水燕十は江戸城で右筆(ゆうひつ)を務めた人物、雲楽は千石取りの旗本で代々書院番をつとめる朝倉家の五男、蓬莱山人帰橋は高崎藩士であるとし[18]、菅江は「遊蕩武士グループの仲間という取扱である[19]」と述べています。

菅江には遊廓(ゆうかく)の様子を詠んだ狂歌もあります。天明七年に蔦重から出版された南畝編の狂歌集『狂歌才蔵集[20]』から引用しましょう。

吉原花　　朱楽菅江

手のとどくほどに禿をだき上て折らばや花とはなの吉原

「折らばや花と」は「桜の枝を折ろう」という意味ですが、中野三敏氏は「禿の機嫌を巧みにとって本命の遊女と近づきになろうとする遊客の思わくと、禿を抱き上げて夜桜の枝を折らせる動作とを融合させた句作りか」と解釈しています。[21]

また、宿屋飯盛（石川雅望）編『万代狂歌集』[22]は菅江没後の文化九年（一八一二）に出版されたものですが、菅江の放蕩ぶりを想像させる次のような狂歌があります。作者は宿屋飯盛です。

〈現代語訳〉朱楽菅江の家で狂歌会があり、兼題は「つくし」だった。平秩東作とともに行ったところ、あるじ（菅江）は一昨日から外出してまだ帰って来ておらず、「こうしたことはいつものことだ」と節松嫁々がいう。興ざめしたので帰ろうと、冊子のはじに書き付けた。　　飯盛

今日もまた、会は流れてしまうのか。菅江は「つくし」とだけ題を残していった。

〈原文〉朱楽菅江の家に狂歌の会あり。兼題はつくしなり。へづつ東作とともに行きけるに、あるじはをとつひより外に出ていまだ帰り来たらず、かかること常の事なりと節松の嫁々ぞいふなる。すさまじければ帰りなんとて、さうしのはしつかたにかきつけける　めしもり

けふも又ながし物にや菅江のつくしとばかり題をのこして

菅江の妻、節松嫁々は本名をまつといいました[23]。節松嫁々には「花下忘帰」の題で詠んだ「よしや又うちは野となれ山桜ちらずはねにもかへらざらなん」という狂歌があります（天明五年刊『徳和歌後万載集』[24]所収）。題の「花下忘帰」は花（桜）の下にいて帰るのを忘れてしまうという意味で、狂歌は「まあいい、（帰らずに）家の中がどうなってしまってもよい、桜が散らなければ、花が根もとに落ちて土に返ることもない（家に寝に帰ることもない）だろう」という意味でしょう。桜に夢中になって家に帰らないのは節松嫁々自身とも、夫の菅江とも解釈できます。

この狂歌はのちに根岸鎮衛（ねぎしやすもり）『耳嚢』（みみぶくろ）巻之三「狂歌流行の事」[25]にも書き留められていますが、そこでは語句が少し異なっています。その箇所を引用します。

〈現代語訳〉朱楽菅江は吉原に遊んで、連泊などして帰らなかったので、その妻が詠んだという。

ものごとは移り変わりやすいもの。家の中はどうなってしまってもよい、桜が散らなければ、花が根もとに落ちて土に返ることもない（家に寝に帰ることもない）だろう。

吉原では、春は仲之町に桜を植えて遊客を集めるので、その桜を詠み込み、「根にかえらじ」にこめた心がおもしろいので、ここに記した。

〈原文〉阿気羅観江、吉原に遊びて居続などして帰らざりければ、其妻詠るよし。

飛鳥川内は野となれ山桜ちらずば根にはかへらざらまし

吉原町に春は仲の町に桜を植て遊人を集むる事なれば、右桜を詠いれて根にかへらじの心、面白き故爰に記しぬ。

根岸鎮衛は「桜」を吉原の桜とみて、家に帰らないのは菅江であるととらえています。もとの狂歌の「よしや又」が「飛鳥川」になっていることも注目されます。「飛鳥川」は変わりやすいものの例として使われることばであり、これが人の心の変わりやすさを暗示しているとすれば、この狂歌が外泊して帰らない菅江を妻が嘆く歌として解釈される素地を生み出していると考えられます。『耳嚢』は天明四年から七年のあいだに起筆され、跋文の年記は文化六年です。大田南畝の場合は、落語の「蜀山人」に象徴されるように後に〈とんちの人〉という虚像が作られてゆきますが、菅江の場合は早くから〈遊び人〉という印象が形作られていたのかもしれません。

菅江は寛政二、三年ごろに不忍池のほとりに隠居し、寛政十年に死去しました。翌年に出版された追善集『古寿恵のゆき』[26]には、南畝が詠んだ、次の歌が収められています。

道父居士のけぶりにのぞみて
しら雪のふることとのみぞしのばるるともにみし花ともに見し月

# 石川雅望（宿屋飯盛）

一七五三年〜一八三〇年。狂歌人、国学者、読本作者。『吾妻曲狂歌文庫』『画本虫撰』などの編者。

## 宿屋の息子

石川雅望は、宝暦三年（一七五三）に江戸の小伝馬町に生まれました。生家は糠屋という宿屋です。

雅望は狂歌をはじめとして、古典文学の研究、和文の笑話集や読本の執筆、中国白話小説の和訳など、多方面に才能を発揮した人物でした。その生涯については、近世文学研究者の粕谷宏紀氏による『石川雅望研究』(1)に、年譜形式で詳しく記されています。本章ではこの書に拠りながら、その生涯をたどってみたいと思います。

## 狂歌との出会い

雅望の父親は、浮世絵師の石川豊信（いしかわとよのぶ）です。糠屋の婿養子だった豊信は、宿屋の経営を本業とするかたわら、美人画や役者絵などに多数の優れた作品を残しました。

天明五年（一七八五）五月に父の豊信が死去した時、雅望は三十三歳でした。豊信の墓碑銘（墓碑に刻まれた文章）は大田南畝によるものです。その頃の雅望は狂歌やそれに関連する遊びに情熱を傾け、家業にちなんで宿屋飯盛という狂名を名乗っていました。

天明三年に出版された『狂歌師細見』(2)を見ると、「巴あふきや清吉」を中心とするグループの中に「めしもり」の名前が見えます。「清吉」は、四方赤良こと大田南畝が率いる四方連（よもれん）に属していた狂歌人、普栗釣方（ふぐりのつりかた）こと奈良屋清吉（ならやせいきち）のことです。本業は版元で、その店は小伝馬町にありました。天明三年の四月には、自ら『狂歌知足振（きょうかしったりぶり）』(3)という狂歌人の名寄せを出版しており、そこでは四方連の一人として「宿屋飯盛」の名前が記されています。粕谷宏紀氏は、雅望の最初の狂歌の師は普栗釣方であると推定し、「雅望が釣方を師と仰いだのは、同じ小伝馬町に住んでいた縁からであろう」と述べています。

天明五年に出版された南畝編の狂歌集『徳和歌後万載集』（須原屋伊八版）[4] 巻第二には、雅望の詠んだ次の狂歌が収載されています。

端午の日普栗釣方が四方赤良のわこのもとへはらがけといふもの贈るを見
侍りて　　　宿屋飯盛
み薬にこれをしめじがはら掛とよもぎの節句をあつく祝ふか

端午の日（五月五日）に普栗釣方が南畝の子に腹掛けを贈ったのを見て詠んだものです。南畝には安永九年（一七八〇）生まれの息子がいました。この狂歌が詠まれたのは南畝の息子が髪置の儀式をした年、すなわち天明二年のことと考えられています。[5]

雅望は天明三年三月に開催された南畝の母の六十歳を祝う狂歌大会にも参加しています。南畝編の『老莱子』（天明四年正月刊、蔦重版）[6] には宿屋飯盛と膾盛方の連名の跋文があり、南畝を遊廓の花魁に、その家を妓楼「巴扇屋」に見立てた戯文が記されています。その結びの部分を見てみましょう。

〈原文〉かかる一座をすがきの、ひきのこされし伯楽連、ひきこみ禿もとまじり、まがきにならぶ友がきの、巴扇屋のめう代新造、ひつぱりみせの壁際から、こはごはむだを申しんすとしかいふ

宿屋飯盛
贈盛方

「すがき」は吉原の遊女たちが張り見世（道に面した部屋に座って客を招くこと）をするときに弾く三味線の調べのことです。戯文のため意味のとりにくいところもありますが、雅望と盛方が自分たちを「巴扇屋」の名代新造（花魁の代理として客の前に出る妹女郎）になぞらえているということがわかります。ここから、二人がこの催しに客としてではなく世話人としてかかわっていたことが推察されます。「伯楽連」という連の名前が記されているのも興味深いところです（伯楽連については後述します）。

天明四年の四月に柳橋の料亭で開催された宝合の遊び（狂歌師や戯作者がふざけた「宝」を持ち寄り、戯文とともに披露し合う遊び）にも、雅望は参加しています。この会で披露された戯文をまとめた『狂文宝合記』（元木網・平秩東作・竹杖為軽編、北尾政演・北尾政美画）[7]には、「弓削道鏡溺器　宿屋飯盛家蔵」と題する戯文が収められており、雅望はなんと尿瓶（「溺器」）を「宝」として出品したことがわかります。

### 伯楽連の一人として

伯楽連は、馬喰町近辺の狂歌人が集う連（狂歌グループ）で、天明三年の夏頃にできたと考えられています。その根拠とされるのが、この年に出版された『皆三舛扮戯大星』の記述です。

『皆三舛扮戯大星』[8]は、天明三年五月に歌舞伎役者の五代目市川団十郎（俳号三升）が『仮名手本忠臣蔵』の大星由良之助を初役で演じたことを祝して作られた作品で、四方赤良をはじめとする二十七名が狂歌を寄せています。その狂歌を集めた紙面の冒頭に書かれた文章に、「三舛へ由良之助の夷曲を伯楽街連からおくりましたがイヤ三舛が大よろこび」という一節があります（三舛は三升のこと）。近世文学研究者の日野龍夫氏は、これをふまえ、本書は伯楽連が音頭を取って編纂したものと推察しています[9]。

『皆三舛扮戯大星』に収録されている飯盛の狂歌は次のようなものです。

花道の分野にあたる大星はつらねつらねし芸の天上　宿屋めし盛

五代目団十郎の狂名「花道つらね」をおり込みつつ、団十郎が演じた大星由良之助の素晴らしさを「星」にちなんで芸の「天上」とたたえています。

雅望が住んでいた小伝馬町は、馬喰町に隣接しています。さきに紹介した『老萊子』の跋文に「伯楽連」の名前があることからも、雅望は伯楽連の中心的人物の一人だったと考えてよいでしょう。

**蔦重との関わり**

雅望が狂歌集の編者として蔦重と関わりをもったのは、天明四年正月に出版された歳旦狂歌集『〈前編栗の本〉大木の生限』（北尾政美画）と『〈後編栗の本〉太の根』

（喜多川歌麿画）が最初のようです。歳旦狂歌集は、元旦（歳旦）を祝って編まれた狂歌集のことです。

『大木の生限』の序文に、雅望は次のように記しています。[10]

---

〈原文〉年のあしたの諸君のざれ歌、姿のうつくしさは浜村やが舞台顔に似たり。読んで味ふれば、どらやき、さつま芋に比すべからず。是を桜木にものして利徳をせしめうるしと出んとは、ちとふとしるし、ふといの根なれど、さらりと柳のみどり橋本重が請にまかせ、おつと放下師の小刀のみ込山の寒鴉と、すきかへしのすきまなく草双紙にかいつけやりぬ。

---

人々の狂歌（「諸君のざれ歌」）のすばらしさを、歌舞伎役者の瀬川菊之丞（「浜村や」）の美貌にたとえ、その味わいはどら焼きや薩摩芋に優るとほめたたえ、これを出版して利益を得ようとするとは厚かましいと言いつつ、「本重」からの依頼を引き受けて執筆したと述べています。

「本重」は、蔦重のことです。蔦重は天明三年九月から通油町に店を構えていました[11]。浜田義一郎氏は「宿屋飯盛の営む宿屋は小伝馬町三丁目で、通油町の隣町であるところから、二人の間に話が起ったのであろうが、由来、歳旦摺物の類は作者が入銀するのが普通だから、希望を募って何冊かに割り振るのは容易なことではない」と述べています[12]。入銀とは、出版に際して作者が費用を負担することを言います。

『〈前編栗の本〉大木の生限』には本町連を中心に二十三名の狂歌が収録され、『〈後編栗の本〉太の根』の方は伯楽連を中心に二十四名の狂歌が収録されています。雅望の編集の手腕がうかがわれます。蔦重が出版を企画するプロデューサーであったとすれば、雅望は編者兼作者として、その実現に貢献したと言えるでしょう。

天明五年に蔦重から出版された『〈狂歌評判〉俳優風』(唐衣橘洲・朱楽菅江・四方赤良判)[13]では、雅望の狂歌の実力が評価されています。「朱楽菅江」の章で少しふれましたが、この書は狂歌人ひとりひとりに歌舞伎の役名を割り当て、かれらが詠んだ狂歌を判者(橘洲・菅江・赤良)が作者の名を伏せたまま評価し、役者評判記の体裁をまねて位付けしたものです。「蓮生法師」(歌舞伎『一谷嫩軍記』に登場する熊谷次郎直実の出家後の名前)を割り当てられた雅望は、「花道を行れん生のいかなれば西のざしきにうしろみせけん」と詠み、立役之部の最上位に位置づけられています。

**父の死**

さて、天明五年五月に父の豊信が亡くなった後、雅望は家業を継ぎ、糠屋七兵衛と称します。のちに、当時のことを振り返り、随筆『とはずがたり』（寛政三年〈一七九一〉執筆(14)）に次のように記しています。

〈現代語訳〉これまでの人生をつくづく思い返すに、〈父がいたころまでは、悪い友人に誘われて遊廓に出かけ、金を使い、家業に心もかけず、遊んで浮ついていたと、今にして思えば恐ろしく、分不相応であったと思われるのである。

父が亡くなってから、碑を建て、僧に布施をおくり、知り合いに法事の餅などを配り、これからようやく家業に専心しようと思い、財布の中を探ると、貯えた金は極めて少なくなっていた。これも自分で作った罪の報いであるから、驚くことではないと思い、朝夕の念仏の折には、亡き親に過ち（あやま）を悔いて日を送っていた。

〈原文〉つくづくこしかたをおもひやるに、父のいましころまでは、わろき友にいざなはれて、章台のちまたに柳をくり、ここらのこがねをさへしばしの夢の料となし、なりはひのみちをば、空ふく風のそこころ(ママ)にもかけで、遊びあだめきけるよなど、いまにしておもへば、そらおそろしく、おふけなきことにぞおもひたまへらるる。

父うせ給ひてのち、碑をたて、僧にふせし、知音のひとに法事のもちひなくばりて、これより、やうやくなりはひのかたにもこころよせんとおもひたちて、嚢中(のうちゅう)をさぐりみるに、たくはへのこがね数いとすくなかりき。よしよし、これもみづからつくり、みづから受けたる罪なれば、おどろくべきにあらずとおもひとりて、朝夕称名のひまには、なき親にあやまちくひ、日をくらしゐたりしが［略］

遊び歩いていた雅望が父の死をきっかけに反省し、家業に心を向けた時には、既に財産が乏しくなっていたと言います。

雅望は糠屋の主人となった後も狂歌やそれに関係する活動を続け、蔦重の出版物にもしばしば編者兼作者としてその名が見えます。例えば寝惚先生（大田南畝）批点・腹唐秋人校の『十才子名月詩集』（天明五年秋刊か）[15]は鹿都部真顔・算木有政・橘実副など十人の人々が江戸各地の名月の景を詠んだ狂詩を収めた作品集で、雅望はこれに編者として関わり、自身も「深川月」と題する狂詩を詠んでいます。

天明六年正月には宿屋飯盛編・北尾政演（山東京伝）画の狂歌絵本『吾妻曲狂歌文庫』が出版されました。尻焼猿人（酒井抱一）、四方赤良、朱楽菅江など、当時の著名な狂歌人五十名の肖像と狂歌を収めた書です（図１）。翌天明七年には同様の形式で、飯盛編・政演画の『古今狂歌袋』も出ています。こちらは百名の肖像と狂歌を収録しており、狂歌人の一

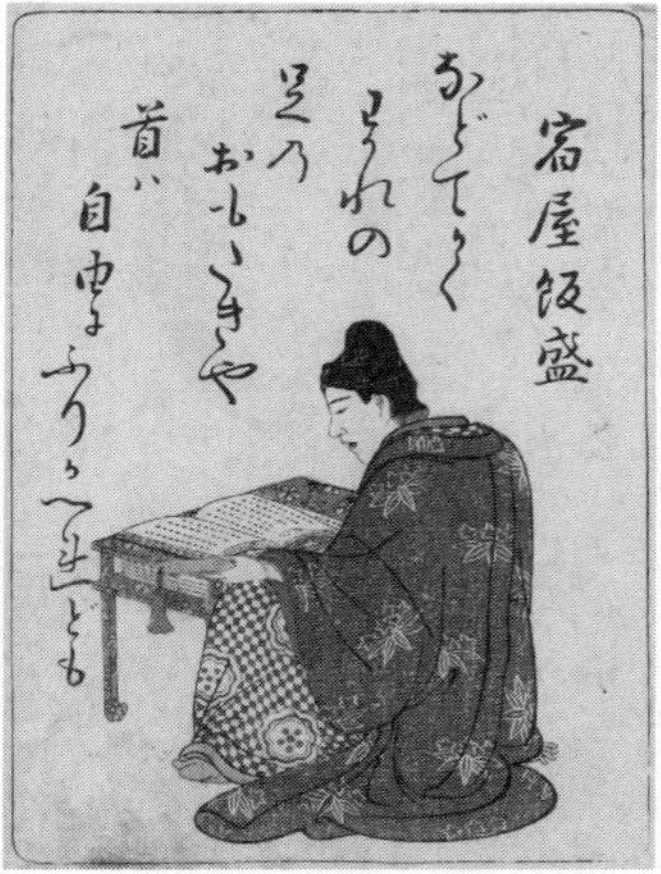

図1　宿屋飯盛。『吾妻曲狂歌文庫』東北大学附属図書館所蔵

部は『吾妻曲狂歌文庫』と重なっています[16]。

### 火災と米価高騰

天明六年は、雅望にとって受難の年でした。『とはずがたり』によれば、正月二十一日に湯島で起きた火災が延焼し、糠屋の家と蔵が灰燼(かいじん)に帰したのです。雅望は「やけたるあとにきたりて、あやしのわらの軒ひきつくろひ、そこにひざをいれてすぐしき」と記しています。土地を抵当にして多額の借金をし、家を再建しましたが、「このとし、あるべきかぎりのこがねつかひつくしたれば、わびしきことおもひやるべし」とも記しており、経済的に苦しい状態となったようです。

その翌年の天明七年は、米の値段が高騰し、江戸市中でいわゆる「打ちこわし」が頻発した年でした。その様子をつづった箇所を引用します。

---

〈現代語訳〉五月二十一日のことだったろうか、人々が蜂起して、江戸にある限りの米商人の家を破壊した。門も戸も屛風(びょうぶ)も障子も、ことごとく破られた。この騒ぎはただごとではなかった。暁方には、みな役人に捕らえられたとか。

---

これ以来、ますます米の値段が高くなったので、少しの米に豆や小豆の類を大量に入れて食べることとなり、皆、腹をこわし、病気になる者が少なくなかった。この年の苦しかったことを思うべきである。

〈原文〉五月二十一日にやありけん、人をこりたちて、東都にあるかぎりの米商人の家をひたこぼちにこぼつ。門戸屏障（もんこへいしょう）となく、ことごとくうちやぶられぬ。このさはぎもども（ママ）ただならず。あかつきがたには、みな官吏にとらへられたりとか。これより、いやまさりに米のあたひたつとくなりもてゆけば、よねをいささかあらひたるに、まめあづきのたぐひをあまたいれてくふ事をするに、みなはらをそこなひて、わづらふもの少なからず。このとしのくるしきことおもふべし

「打ちこわし」のすさまじさや、健康を損ねる人が多かったことなどが綴（つづ）られています。『とはずがたり』によれば、この頃から雅望の家でも倹約に努め、寛政二年十二月までに負債をすべて返済した、とあります。

このような状況のなかでも、雅望の文筆活動が止むことはありませんでした。天

明八年に蔦重から出版された狂歌絵本『画本虫撰（えほんむしえらみ）』[17]は、編者である雅望を含む三十名が虫（とかげや蛙などの小動物も含まれています）にちなんだ狂歌を詠み、喜多川歌麿の手になる美麗な挿絵とともに収録したものです。歌麿の代表作の一つとしても知られています。雅望の序文によれば、八月十四日の夜に友人たちと隅田川のほとりに虫の声を聞きに出かけ、「長嘯子（ちょうしょうし）のえらび給へる諸虫歌あはせ」の跡を追って「恋のこころのざれ歌」を詠んだものだと言います。この「諸虫歌あはせ」は木下長嘯子撰『虫の歌合』であると考えられています[18]。

寛政元年（一七八九）には、中国白話小説『醒世恒言（せいせいこうげん）』のうちの四話を和訳した『通俗醒世恒言』を執筆しています（翌寛政二年に西村源六らから出版）。この書には南畝による漢文の序文があります。雅望は、天明八年に南畝宅で開かれた訳文の会（『孟子』の文章を和訳して文章の稽古をする会）に出席していました。粕谷宏紀氏は、本書を訳文の会での学びの成果として位置づけています。

### 江戸から追放される

宿屋の経営をしながら文筆活動を続けるという雅望の暮らしは、しかし、寛政三年に突如として終わることとなります。

　この年の六月、雅望はほかの宿屋の経営者らとともに南町奉行所に呼び出されました。訴訟（公事）のために江戸の宿屋（公事宿）に宿泊した旅人に対し、訴訟の便宜を図るかわりに金銭を要求したのではないか、との疑いをかけられたためでした。

『とはずがたり』で回想されている雅望と役人のやりとりを、現代語訳して紹介します。雅望は役人から「隠さずに言え。もし隠して言わなければ、獄に入れる」と言われましたが、「自分は未熟ながら家業に従事してきたが、親の教えを守り、そうした汚い働きかけはしたことはない」と思い、「そうした覚えは全くない」と答えました。しかし、ほかの経営者には「義に背いた金銭は受け取らなかったが、気持ち次第で、少しばかりの謝礼を贈る旅人はいた。これは受け取った」と言う者もあり、以後、取り調べは断続的に、数ヶ月にわたって続きました。

　八月に召し出された時には詮議場に入れられましたが、雅望は一貫して無実を主張しました。役人が雅望をにらんで「お前は何者だ」と問い、雅望が名前を告げると、役人は雷のように轟（とどろ）く声で、「お前があの有名な旅館だな。前にお前を獄に入れなかったことこそ、残念なことだった。よし、今に見ていろ。獄に入れてやるぞ」と言った、といいます。このくだりからは、雅望の経営する糠屋が老舗の宿屋として知られていたことがうかがえます。

そして十月十八日に、雅望は財産没収と江戸払い（江戸の外への追放）を言い渡されました。先祖代々の家業と財産とが自分の代で失われ、雅望は「わがすくせのつたなさ、あさましくもなりはてしかな」と涙します。十月二十日、雅望は住みなれた土地を離れ、「むかしめしつかひし人」（かって雇っていた者）を頼り、四谷から新宿を越えて一里余り行ったところにある「なにがしのむら」に移り住みました（この村は成子村であると考えられています）。その後、文化四年（一八〇七）に内藤新宿に転居していますが、江戸払いを許されたのはさらに後の、文化九年のことでした。[19]

逼塞後、雅望は狂歌や戯作から遠ざかり、国学者の契沖の著作を南畝から借りて書写するなど、[20]古典文学の研究に心を傾けるようになります。一方で、蔦重との縁は続いており、寛政六年には蛾術斎主人の号で著した『略解千字文』（「千字文」の解説書）が蔦重から出版されています。寛政九年には雅望が中国の「二十四孝」を訳した『絵本二十四孝』や、雅望が五老山人の号で漢文の跋を寄せた『友なし猿』（歌舞伎役者の五代目市川団十郎の狂歌・発句・随筆集）も出版されました。[21] 蔦重が寛政九年五月に亡くなった後、雅望は蔦重の墓碑銘を撰しています。[22] これも多年にわたる両者の交流を裏付けるものと言えましょう。

## その後の雅望

雅望は文化三年に狂歌の判者としての活動を再開しました。[23] 文化九年には三百二十四名の狂歌人による二千三百十四首の狂歌を収録した狂歌集『万代狂歌集』を撰しています（角丸屋甚助版）。雅望を中心とする狂歌グループ「五側（ごがわ）」[24]も生まれ、門人は広く江戸以外の地域にも及びました。文化・文政期の狂歌壇は、四方赤良から四方の姓を引き継いだ四方真顔（鹿都部真顔）の四方側と、雅望率いる五側が二大勢力となります。

このように狂歌壇に復帰する一方で、雅望は笑話集『しみのすみか物語』（文化二年刊）、都市・江戸の風俗を記した『都の手ぶり』（文化六年刊）、読本『近江県物語（おうみあがたのものがたり）』（文化五年刊）・『飛騨匠物語（ひだのたくみものがたり）』（文化六年刊）など、和文（擬古文）による散文の作品も発表しています。雅望は寛政十一年に南畝主催の和文の会に参加しており、[25]この経験が和文の著作に結びついたと考えられます。古典の学習と研究にも力を注ぎ、雅語の辞書『雅言集覧』や、源氏物語の研究書『源註余滴』なども執筆しました。

文政十三年（一八三〇）閏三月、雅望は七十八歳で亡くなりました。翌年には息子の塵外楼清澄こと中村屋清三郎らが追善狂歌集『春のなごり』（内題「六樹園一周忌追福」[26]）を編んでいます。多くの門人が狂歌を寄せており、雅望の狂歌壇における影響力の大きさをしのばせるものとなっています。

# 戯作者

恋川春町
朋誠堂喜三二
山東京伝（北尾政演）
曲亭馬琴
十返舎一九

# 恋川春町（こいかわはるまち）

一七四四年～一七八九年。小島藩士。戯作者、浮世絵師。

主な作品に『金々先生栄花夢（きんきんせんせいえいがのゆめ）』『万載集著微来歴（まんざいしゅうちょびらいれき）』など。

## 亀長から春町へ

恋川春町は駿河の小島（おじま）藩の藩士で、本名を倉橋寿平といいます。倉橋家の系図と「由緒幷勤書下書」[1]によれば、安藤帯刀[2]の家来桑島九蔵の次男として生まれ、はじめの名は隼人、宝暦十三年（一七六三）七月五日に小島藩の御中小姓格御祐筆見習となり、同年十月二十二日に伯父（おじ）の倉橋忠蔵の養子になりました。その翌日に御近習となり、明和四年（一七六七）九月に寿平と改名しています。明和八年九月に御小納戸格御刀番、安永五年（一七七六）正月に御留守居添役（そえやく）となっています。

恋川春町という号の由来について、『戯作者撰集』（天保末期〜嘉永期頃成立）[3]の「恋川春町」の項では「恋川といふは住居する土地の小石川のしの字の仮名を省き、春町は春日町の日の文字を除たる戯号なりとぞ」と説明されています。江戸の小石川春日町には小島藩の屋敷がありました。大田南畝は「小石川春日町に居れるゆへ、勝川春章の名を戯れにかれるなり」（『浮世絵考証』）と記しています。春町が浮世絵師の勝川春章に敬意を抱いていたことは、春章をモデルとする人物を登場させた黄表紙から推量することができます。これについては、後にあらためて述べます。

ところで、春町はこの号を用いる前に、亀長という号で俳諧に親しんでいました。俳諧研究者の加藤定彦氏によれば、春町の養父の倉橋忠蔵は芦中と号し、寸長（小島藩に仕える医師片山邦教）を師とする俳諧の一門に属していました。春町は宝暦九年、十六歳の時に寸長一門の歳旦帖（年の初めに一門の人々の作品を集めて出版したもの）に句を発表し、宝暦十三年・宝暦十四年・明和五年・明和六年の歳旦帖には句だけでなく挿絵も寄せているとのことです。なお、明和六年には俳号を亀長から寿平に改めています。[4]

恋川春町の号を用いたのは、安永四年正月に鱗形屋から出版された噺本『春遊機嫌袋(げんぶくろ)』[5]からのようです。序文に「画工　恋川春町」の署名があります。この噺本は九話の小噺からなり、そのすべてに挿絵があります。

「うたたね」という話を見てみましょう。うたたねをしている男（亭主）のところに友達が来て、男を起こすところから始まります。目を覚ました男と友達の会話は次のようなものです。現代語訳して引用します。


〈現代語訳〉

亭主、あくびをして「いまいましい。いい夢を見ていたのに」。友達「いい夢とは、どのような」。亭主「まぁ聞いてくれ。北国（新吉原）に直行したところ、遊女にとても好かれて」。友達「俺の相手の遊女はどうした」。亭主「皆来て、ひどい恨みよう。『なぜ連れ立ってきてくれないのか』と。『どうか明日の晩』と言った」。友達「それでどうした」。亭主「俺が『口で言うだけでは証拠がない』と言ったら、『それなら手紙をあげるから、届けて』と、そう言ったところでお前たちが起こした」。友達「ええ、惜しいことを。それならまた寝て、手紙を持ってきてくれ」。

内容からして、大人向けの小噺と言えるでしょう。挿絵には三人の男が餅花（木の枝に餅を花のようにつけたもの）の飾られた部屋で火鉢を囲んでいる様子が描かれています。文中に季節を表す表現はありませんが、挿絵から正月の情景であることがわかります。楽しい夢の途中で起こされ、起こした相手に夢の内容を語るという始まり方は、落語の『夢の酒』にも通じるものです。

## 代表作『金々先生栄花夢』

『春遊機嫌袋』と同じ安永四年、鱗形屋からは春町の代表作の一つとなる黄表紙『金々先生栄花夢』(6)も出版されています。

『金々先生栄花夢』は、浮世の楽しみを極めようと江戸へ向かう途中の金村屋金兵衛が目黒の粟餅屋でうたたねし、夢の中で富豪の養子になり、遊興にふけって身代を傾けたあげく養家から追い出されるところで夢からさめるという内容で、謡曲の『邯鄲』などで知られる中国故事を下敷きにした作品です。『邯鄲』では、中国の盧生という青年が旅の途中、邯鄲の里で一休みし、栄華を極める夢を見ます。夢のなかで盧生は帝位に就き、五十年を過ごしましたが、目覚めてみれば夢を見ていたのは粟飯が炊き上がるまでのごく短い時間でした。盧生は栄華のはかなさを悟って帰郷します。

『金々先生栄花夢』ではこれを江戸の話に置き換え、主人公が夢の中で味わう栄華を、流行の洒落た服装を身につけて「金々先生」になり、江戸の遊里——公許の遊廓である新吉原、岡場所の深川、宿場女郎のいる品川で遊ぶことへと変えています。金々先生の「金々」は当世風でしゃれていること、きらびやかであることを意味することばです。

にわか成金の金々先生は金を湯水のように使って遊興します。しかし、本物の通人にはなりきれず、深川でいざこざを起こすなど、いわゆる半可通の滑稽さを体現する人物として造形されています。こうした人物像は、既に洒落本に見られるものでした。深川の場面には、遊女と茶屋の女が金々先生に会話の中身を知られないよう、唐言（一音一音のあいだにカキクケコの音を挿む、暗号的な話し方）で話す様子が描かれています。唐言は当時の深川の遊里で流行していた話し方で、これと類似した場面が明和七年刊行の洒落本『辰巳之園』（夢中散人寝言先生作）[7]にあります。

図1　蓑と笠を着けた金々先生。『金々先生栄花夢』国文学研究資料館所蔵

また、挿絵に描かれている金々先生の服装（図1）は、洒落本『当世風俗通』（金錦佐恵流作、安永二年刊）の挿絵に描かれた男たちの服装と共通するところがあります（図2）。『当世風俗通』はその当時流行していた服飾や髪型について詳しく解説した本です。作者は恋川春町説と朋誠堂喜三二説とがありますが(8)、挿絵は画風から春町によるものと考えられています(9)。

文学史の上では、『金々先生栄花夢』は黄表紙の最初の作品と言われています。その根拠とされるのは、安永十年に出版された黄表紙評判記『菊寿草』（大田南畝編）にある「きんきん先生と

図2　蓑を着て笠を持つ男。『当世風俗通』国立国会図書館所蔵

いへる通人出でて、鎌倉中の草双紙これがために一変して、どうやらかうやら草双紙といかのぼりは、おとなの物となつたるもおかし」という一節です。『金々先生栄花夢』（「きんきん先生といへる通人」）が現れてから、江戸（「鎌倉」は江戸を暗示する語）の草双紙が一変して、大人の読み物になったという意味です。

初期の草双紙である赤本にも大人向けの内容のものがあり、『金々先生栄花夢』より前に出版されていた草双紙がすべて子供向けの読み物だったわけではありません。一方、『金々先生栄花夢』以後の草双紙には、江戸の町で起きている出来事や流行の事象、遊里や遊女の話題、流行語など現実に即した事柄がふんだんに盛り込まれ、大人が読んで楽しめる作品になっているものが多く見受けられます。『菊寿草』の記述は、そうした流れの端緒となる作品として『金々先生栄花夢』を位置づけたものと言えるでしょう。

### 鳥山石燕・勝川春章との関係

春町は『金々先生栄花夢』の序文に「画工　恋川春町戯作」と記しています。鱗形屋版の春町自作・自画の黄表紙『化物大江山（ばけものおおえやま）』『其返報怪談（そのへんぽうばけものばなし）』（いずれも安永五年刊）、『三舛増鱗祖（みますますうろこのはじめ）』（安永六年刊）、『辞闘戦新根（ことばたたかいあたらしいのね）』（安永七年刊）などにも同様の署名があります。

春町の絵の師匠は誰だったのでしょうか。『戯作者撰集』の「恋川春町」の項には「絵を鳥山石燕（とりやませきえん）に学びしが」とあります。鳥山石燕は妖怪絵本などで知られる絵師です。加藤定彦氏は、亀長（春町）が句を寄せている宝暦九年の歳旦帖に鳥山石燕が挿絵を描いており、以後の歳旦帖にもしばしば挿絵を寄せていることを指摘しています。[10] この頃に、石燕との接点があった可能性があります。

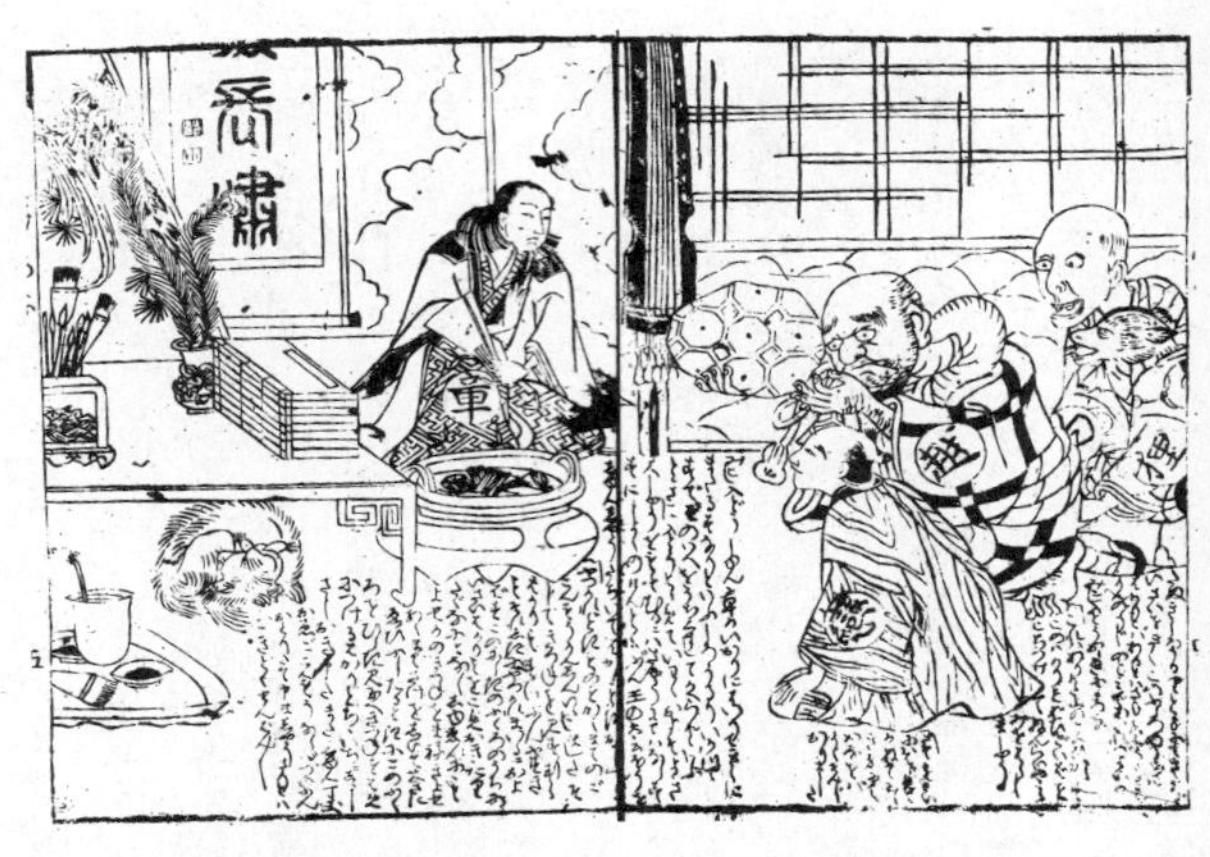

図3　数川春章と対面する恋川。『其返報怪談』東京都立中央図書館特別文庫室所蔵

もう一人、春町にとって重要な絵師が勝川春章です。春章は写実的な役者絵を得意とした浮世絵師でした。春町は、自分自身と春章とをモデルにした人物を『其返報怪談[11]』に登場させています。この作品のあらすじは次のようなものです。

〈あらすじ〉田舎の画工、春町斎恋川は「よい師匠を求めて、画道の稽古をしよう」と思い立ち、浮世絵の名人数川春章に学ぼうと吾妻（江戸）へ向かう。旅の途中、化物たちが集まり、狐たちへの恨みを晴らそうと相談しているところに出くわす。恋川は話に加わり、化物たちとともに数川春章の庵を訪ねる（図3）。春章は化物たちの望みを聞き、あるものを入れた錦の袋を授ける。化物たちは馳走をするといって狐たちを招き、酔わせたところで錦の袋を開く。そこには春章が歌舞伎役者の似顔を描いた団扇が入っていた。狐たちは本物の役者が出たと勘違いし、その迫力に降参する。恋川の取り持ちで化物と狐は和睦し、恋川は「数川氏の誉れを人に知らせん」と、事の顚末を上下二冊の読み物にする。

作中の恋川が春章に師事しようとすることや、春章の役者絵の見事さが狐を圧倒する展開などに、現実の勝川春章に対する春町の尊敬の念をうかがうことができます。[12]ちなみに、黄表紙には作中に作者自身の登場する作品が多くありますが、その最初のものがこの『其返報怪談』であると言われています。[13]

安永五年正月、春町は御留守居添役となり、五月には養父忠蔵の退役・隠居にともない、倉橋家の家督を相続して御内用人となりました。[14]三月には子孫のための文書「遺誡」を記しています。広瀬朝光氏は、その内容が子孫への訓誡・家名繁栄への道・倉橋家系譜などの六箇条からなることを指摘し、家督相続にあたって責任の重さを感じた春町がこの文書をしたためたと推察しています。[15]

## 狂歌に熱中する

天明期の春町は、酒上不埒（さけのうえのふらち）という号で狂歌の遊びにも加わっていました（図4）。天明三年（一七八三）の正月に出版された大田南畝・朱楽菅江編の狂歌集『万載狂歌集』（須原屋伊八刊）[16]には、春町の狂歌が三首入集しています。

図4　酒上不埒。『吾妻曲狂歌文庫』東北大学附属図書館所蔵

また、この年、春町は二つの大きな狂歌会にも関わっていました。

一つは、三月十九日に日ぐらしの里（日暮里）で開かれた狂歌会です。天明三年刊行の狂歌人の名寄せ『狂歌知足振（きょうかしったりぶり）』[17]には春町による序文があり、その後に版元の普栗釣方（漫々堂）の序文があります。そこに「右の序文、過し弥生の十九日、日ぐらしの里狂歌大会の節、布袋堂の前にてひらひ候まま、何句あんかほにて此本の序に仕候。已上」（右の序文は、去る三月十九日に日ぐらしの里で狂歌大会があった時に布袋堂の前で拾ったものを、何くわぬ顔でこの本の序文にしたものである。以上）と書かれています。「右の序文」は春町の序文を指します。

この名寄せには三百二十六名もの狂歌人の名前が記載されています。鈴木俊幸氏は「三百二十六名全員が出席したものかどうかは分からないが、本書は、江戸中を網羅する「会」という馬鹿げた思いつきをこの大会の成功の余勢を駆って紙上に再現し、江戸狂歌の隆盛を謳歌してみせたものと考えてよかろう」と述べています。[18]また、南畝の『巴人集』に「酒上不埒日暮里大会」とあることから、この会の主催者は春町だったと考えられています。[19]

もう一つは六月十五日におこなわれた「狂歌なよごしの祓」の会です。この時に作られた摺物に、春町による長文の序文があります。この会の参加者は蔦唐丸（蔦重）や南畝ら六十名に及びました。[20]

春町が狂歌に熱中していたことは天明三年四月の宝合会（ふざけた品物を宝と称して出品し合う遊び）に出品された鹿都部真顔の狂文「〈江戸四里四方〉戯作者の観音略縁起」（『狂文宝合記』[21]所収）からもうかがえます。文中に「酒の上不埒、本堂造営の願をおこし、一ふし千杖をかたらひ爰かしこに大会をもよほし、狂歌勧進の太鼓をたたき立ければ」（酒上不埒は本堂を造営したいとの願いを起こし、一ふし千杖を仲間に引き入れ、あちこちで大会を催し、狂歌を勧進する太鼓を打ち鳴らしたので）とあり、狂歌の活動に熱心に取り組む春町の様子が寺院の本堂造営祈願の勧進に喩えて表現されています。ちなみに「一ふし千杖」は浮世絵師北尾重政の門人の窪俊満のことで、南陀伽紫蘭の号で戯作も執筆していた人物です。

### 『万載集著微来歴』――『平家物語』のパロディー

春町の黄表紙『万載集著微来歴』（天明四年刊、蔦重版）[22]は、『万載狂歌集』ができるまでの事情を題材にして書かれたものです。この作品については「大田南畝」の章でもふれていますが、あらためて紹介しましょう。

物語は、平忠度が都落ちをする時に藤原俊成に和歌を託し、俊成が詠み人知らずとしてその和歌を『千載和歌集』に入れたという『平家物語』のエピソードをパロディー化した場面から始まります。忠度は俊成に和歌を託そうとしますが、断られたため、四方赤良（大田南畝）のところへ行きます。赤良は忠度に『万載集』に歌を入れることを勧めます。また、平家一門は海に沈んだり討たれたりする真似をすればよかろう、ということになり、熊谷直実は敦盛の首を討ったふりをし、二位の尼と安徳帝が入水する代わりに四方赤良の草履取りの酒上埒内（酒上不埒のもじり）が入水することになります。これで源平の諍いは終わったことにして、皆々思い思いの狂名を付けて狂歌の会に集い、俊成も朱楽菅江と名乗って『万歳集』に狂歌を寄せる……というのが物語のあらすじです。

江戸時代には『平家物語』のエピソードが浄瑠璃や歌舞伎の題材にもなり、よく知られていました。それらをふまえながら、人々が戦いを放棄して狂歌に遊ぶという、『平家物語』とはがらりと異なる話に仕立てているところが秀逸です。作中には赤良や菅江のほか、元木網など江戸の狂歌壇の中心にいた人々も登場しています。

ところで、この黄表紙の翌年に出版された南畝編の狂歌集『徳和歌後万載集』（天明五年刊、須原屋伊八版）[23]巻十一・雑中には、「婚礼も作者の世話で出来ぬるはこれ草本のゑにしなるらん」という春町の狂歌が入集しています。詞書に「喜三二のなかだちにて妻をむかへければ」とあり、春町が朋誠堂喜三二の媒酌で妻を迎えたことがわかります。春町には天明元年に生まれた子供がいることから、この結婚は再婚であると考えられています。[24] また、喜三二の『我おもしろ』（文政三年〈一八二〇〉刊[25]）雑の部には、春町が最初の妻と別れた後に詠んだ狂歌「おもひ子はにえこちるともまま母の手鍋にかけずだきもりたてむ」が引用されています。歌意は、愛しい子はたとえ煮え損なった（うまく育てられなかった）としても継母にはまかせずに自分の手で守り育てたい、といったところでしょうか。春町は当初、後妻を迎えずに子供を育てるつもりだったことがうかがえます。

## 寛政の改革と春町の死

天明七年七月、春町は御年寄本役となり、俸禄は二十石を加増されて百二十石となりました。[26] 天明七年は松平定信が幕府の老中に就任し、寛政の改革が始まった年です。学問と武芸が奨励されるようになり、それを題材にした黄表紙も作られるようになりました。

『鸚鵡返文武二道』（寛政元年〈一七八九〉刊、蔦重版）[27]は、結果的に春町の最晩年の作品となった黄表紙です。作中の時代は延喜の御代（醍醐帝の時代）に設定されていますが、内容は文武奨励が行き過ぎた世の中を滑稽に誇張して描いたものです。物語の後半で、帝は菅秀才を召して学問奨励を命じ、菅秀才は自著の「九官鳥のことば」を大江匡房に渡して講義をさせます。この「九官鳥のことば」は松平定信の著した『鸚鵡言』を連想させる書名であり、また菅秀才の衣服に大きく描かれている梅鉢紋は定信その人の紋を思わせるものでした。

この黄表紙は当局から問題視され、絶版を命じられました。曲亭馬琴は『伊波伝毛乃記』に、『鸚鵡返文武二道』と『文武二道万石通』（朋誠堂喜三二作、天明八年刊）・『天下一面鏡梅鉢』（唐来参和作、寛政元年刊）について、「大く行れたれども、頗禁忌に触るるをもて、命ありて絶板せらる」と記しています。また『近世物之本江戸作者部類』には、『鸚鵡返文武二道』について「大半紙摺りの袋入にせられて、二、三月比まで市中を売あるきたり」とあります。黄表紙は一般に正月の新版として売り出されますが、それが二、三月頃まで売られ続けていたとあることから、多くの人に読まれたことが想像されます。その結果、内容に関する噂が当局の耳に届いたということも考えられるでしょう。

水野為長（みずのためなが）が当時の風聞などを記した『よしの冊子』[28]の寛政元年正月の記事に、「あふむがへしの草双紙は松平豊前守（ぶぜんのかみ）殿作共申し、豊前守殿作成が夫を春町に託せられし共申」とあり、『鸚鵡返文武二道』が「松平豊前守」の著作であるとする噂も流れていたようです。春町の主君は松平丹後守信義で、「松平豊前守」は誤伝かと思われますが、いずれにせよ、藩の重職にあった春町にとって具合のよくない噂であったことには違いありません。

『近世物之本江戸作者部類』には「当時世の風聞に、右の草紙の事につきて白河侯へめされしに、春町病臥にて辞してまゐらず。此年、寛政元年己酉（つちのととり）の秋七月七日没」とあり、春町は「白河侯」すなわち松平定信に呼び出されたが、病気のために参上しなかったと伝えています。倉橋家の「由緒幷勤書下書」には、春町が寛政元年四月に病気を理由に御役御免を願い、退役後の七月七日に病死した旨が記されています。享年四十六でした。

# 朋誠堂喜三二（ほうせいどうきさんじ）

一七三五年〜一八一三年。秋田藩士。戯作者。

主な作品に『娼妃地理記（しょうひちりき）』『文武二道万石通（ぶんぶにどうまんごくどおし）』など。

## 秋田藩士、平沢平角

朋誠堂喜三二は享保二十年（一七三五）に西村平六久義の子として生まれ、十四歳の時に秋田藩の江戸詰めの藩士である平沢常房の養子となり、名を常富（つねまさ）とあらためました。通称は平角（へいかく）といいます。[1]

藩士としての喜三二の身分は、どのようなものだったのでしょうか。近世文学研究者の井上隆明氏が作成された詳細な年譜によれば、宝暦三年（一七五三）、十九歳の時に御小姓、明和三年（一七六六）、三十二歳で御勝手世話役、明和五年三月に御納戸役、同年四月に御刀番となっています。そして安永七年（一七七八）十一月、四十四歳で留守居助役、天明二年（一七八二）、四十八歳で留守居本役に昇進しています。俸禄は、天明六年に百二十石、翌天明七年には二十石加増されています[2]。

留守居役は、江戸の藩邸に住み、幕府や大名家との間の連絡や調整、また、各種の情報収集などを担う役です。寛保年間から天明年間頃には、秋田藩の佐竹家を含む十七家の留守居によって構成される留守居組合がありました[3]。

## 平賀源内・恋川春町とのつながり

滑稽本『古朽木』（西村伝兵衛版）[4]は喜三二の初期の戯作の一つです。出版されたのは安永九年ですが、安永五年正月の喜三二の序文があることから、執筆したのはその頃のことと思われます。

喜三二の序文は「下手談義、下手にあらず。根無艸、根無きにあらず。共に根の有る上手の作にして。亦宝暦始終の華也」（下手談義は下手ではなく、根無艸は根がないわけではない。ともに根のある、上手な作品であり、宝暦年間の花である）と書き出されています。「下手談義」は『当世下手談義』（静観房好阿著、宝暦二年刊）、「根無艸」は『根南志具佐』（平賀源内著、宝暦十三年刊）のことで、いずれも現実の世相を材料に諷刺や洒落をきかせて書かれた小説です。これらを絶賛するところに、喜三二の戯作者気質をみることができます。喜三二は源内の門人だったとも言われています。[5]

『古朽木』には恋川春町の序文もあり、また挿絵も春町の画です。この本の出版に先立つ安永六年、喜三二は一挙に六作もの黄表紙を発表していますが、この六作の挿絵もすべて春町によるものでした。春町との親しい付き合いはその後も続き、天明期にはともに狂歌の遊びにも関わっています。喜三二が春町の再婚の世話をしたことは「恋川春町」の章で述べた通りです。

春町の自作自画の黄表紙『吉原大通会』（天明四年刊、岩戸屋版）[6]には、喜三二を彷彿とさせる遊さん次という名前の人物が登場します。遊さん次は俳名をすき成といい、これも喜三二の俳名が月成であることをふまえたものです。

物語の内容は、通人の天通（正体は天狗）が遊さん次をいざない（図1）、遊里での遊興、狂歌会、妓楼での芝居（俄狂言）と女舞の見物、船遊びなど遊さん次の望みを次々とかなえたあげく、遊さん次に博奕（ばくち）を勧めようとしたところ、一人の大通が現れて天通を懲らしめ、遊さん次を救うというものです。作中には四方赤良（大田南畝）、朱楽菅江、元木網（もとのもくあみ）といった、当時の狂歌壇を代表する人々に加えて、蔦重が登場する場面もあります（図2）。内容からみて、仲間うちで読んで楽しむ作品だったと思われますが、当時の狂歌人たちの交流がかいま見える興味深い作品です。

### 宝暦年中の色男

喜三二は、宝暦・明和頃には遊廓（ゆうかく）での遊びを経験していたようです。喜三二の随筆で享和三年（一八〇三）の自序がある『後はむかし物語』[7]をひもとくと、宝暦二年に「大文字屋のかぼちゃ」という歌が流行したとの記事があります。これは新吉原遊廓の妓楼・大文字屋の主人市兵衛の頭がかぼちゃに似ていたことを歌った俗謡です[8]。また同書には、新吉原が初めて焼けたのは明和五年四月初旬で、その時まであったかその前に潰れたかは忘れたが、江戸町（廓内の町の一つ）に巴屋（ともえや）という「よき女郎屋」があったと書かれており、巴屋のほか、いくつかの妓楼の印象も記

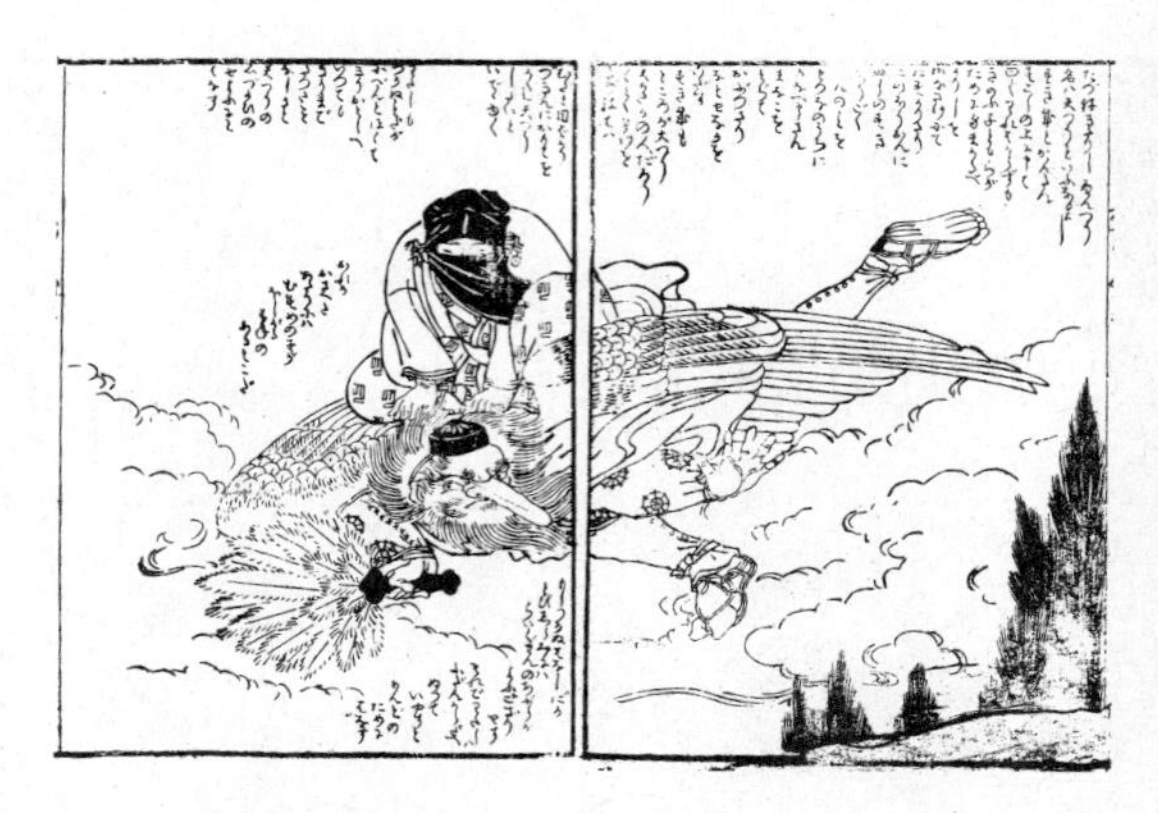

図1　天狗の背に乗った遊さん次。『吉原大通会』国立国会図書館所蔵

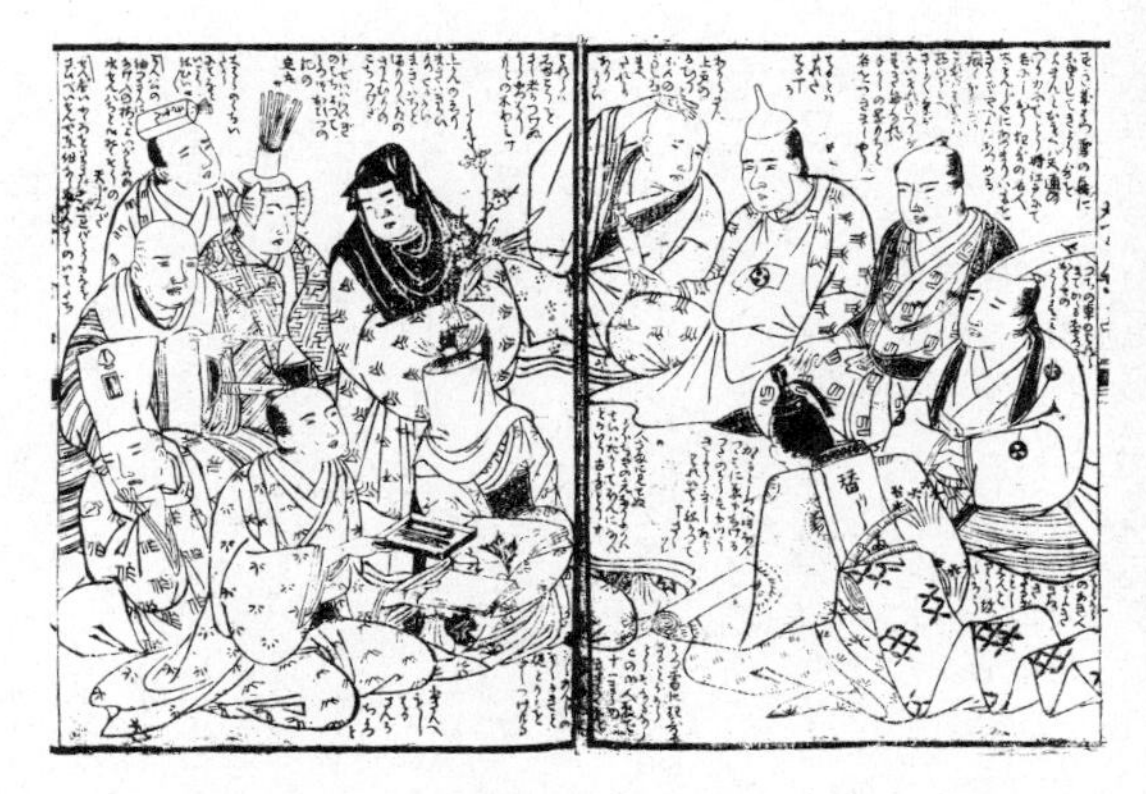

図2　遊さん次（右上、黒い羽織の人物）と蔦重（左下、硯箱と冊子を持つ人物）。『吉原大通会』国立国会図書館所蔵

図3　江町国の図。『娼妃地理記』東京都立中央図書館特別文庫室所蔵

されています。

喜三二の洒落本で、新吉原に取材した作品の一つが『娼妃地理記』（安永六年刊、蔦重版）(9)です。「蔦屋重三郎」の章でもふれましたが、遊廓全体を「北仙婦州新吉原大月本国」という国に見立て、江戸町などの町は「江町国」のように大月本国内の諸国に（図3）、松葉屋などの妓楼はその国内の郡に、花紫などの遊女は名所に見立てて解説しています。地誌のパロディーとして面白く読める内容になっており、長く読み継がれる作品(10)になりました。

喜三二の遊興観がわかる戯文もあります。七十三歳の時の文章で、狐たちが遊女・新造・禿・若い者に化けて九郎助稲荷に参詣する様子を描いたふすま絵に戯文を書くよう求められて作ったものです（『我おもしろ』[11]所収）。その一部を現代語訳して引用します。

〈現代語訳〉狐には化かされるものだということを知り、傾城（遊女）を買う人は馬鹿にされること自体を本意とするべきだ。化かされまいとするのは、今の世の中では野暮というもので、化かされなければ、何の楽しいことがあろう。狐拳の狩人のように強面をするよりも、殿様のような顔をして、しゃんしゃんしゃんと化かされたならば、とても楽しいだろう。これにつけても、山吹色の油鼠がほしいものだ。

遊女にだまされ、馬鹿にされるつもりで遊び、殿様顔で楽しく過ごすのがよい――。喜三二はそう言っています。狐拳はじゃんけんに似た遊びで、狐・狩人・庄屋の三人に見立てた仕草をして勝負をするものです。「山吹色の油鼠」は、鼠を油で揚げたもの、つまり狐の好物を意味しますが、「山吹色」は小判などの金銭の暗喩でもあります。山吹色の油鼠がほしいというのは、狐（遊女）を引き寄せるもの（お金）がほしいという意味でしょう。ちなみに喜三二は、この戯文に「宝暦年中のいろをとこ手がらのをか持しるす」と記しています。「手がらのをか持」（手柄岡持）は喜三二が狂歌をつくる時に用いた号です。

喜三二の吉原関係の戯作をもう一つ紹介しましょう。天明三年に出版された『柳巷訛言（さとなまり）』（上総屋・鶴屋版）[12]は、妓楼を舞台にした小咄（こばなし）集です。挿絵は恋川春町の画で、早書知久良（はやがきちくら）（秋田藩江戸留守居役の佐藤又兵衛、喜三二の年長の同僚）が序文を寄せています（武藤禎夫氏はこの作品について「序文・本文・挿絵すべて、武士階級にある者の風流文事にかかる点で特色がある」[13]と評しています）。収められた小咄のなかには、次のような、野暮な武士客を揶揄（やゆ）するような噺（はなし）も見受けられます。

〈現代語訳〉たいへんな武士客、座敷へ入るなり、「俺は何々という役を勤めているから忙しい。家老たちともとても親しくしていて、昨夜は一番家老のところへご馳走（ちそう）に呼ばれた。明日の晩はまた、二番家老のところへ呼ばれるが、二番家老は話し好きだから、きっと夜明けまでかかるだろう」と、まったく面白くないことばかり話しているのを、遊女はうつらうつらと眠りながら聞いて、

「何だえ。カラスのことかえ」。

〈原文〉大の武ざ客、座敷へはいるから、おれは何役をつとめるからいそがしい。家老どもも、しごく心安くて、ゆふべは一ばん、かろうの所へふるまひに呼ばれた。あすのばんは又、二ばん家老の所へよばれるが、あの咄ずきでは、てつきり夜があけるであろうと、ねつからおもしろくなひこと斗(ばかり)はなすを聞ながら、女郎うつらうつらと眠ながらきひて、なんだへ。からすのことかへ

遊女が「かろう」の話をカラスの話と勘違いするサゲにおかしみがありますが、真に笑いの対象になっているのは、遊女に向かって自慢げに仕事の話ばかりしている武士客の野暮ったさです。同じ武士であればこその、辛辣なまなざしが感じられます。

## 狂歌人、手柄岡持

天明期の喜三二は、手柄岡持の名で狂歌の遊びに加わっています。南畝・菅江編『万載狂歌集』（天明三年刊）には一首、南畝編『徳和歌後万載集』（天明五年刊）には十八首、喜三二の狂歌が入集しています。

天明三年に出版された平秩東作編『狂歌師細見』[14]では、喜三二は「岡持屋喜三二」の名前で妓楼の主人に見立てられています。「朱楽菅江」の章でもふれましたが、本書は吉原細見のスタイルをまねた狂歌人の名寄せです。岡持屋に所属する主な人々は「亀遊」「なれかね」「はやがき」で、それぞれの名前の左に小さく「うきよ」「よの介」、「宇三太」「かつぱ」、「ちくら」と書かれています。これは、吉原細見で位の高い遊女の名前の左に禿（かむろ）の名前を小さく記す体裁をまねたものです。「亀遊」は喜三二の門人の一人で、天明元年刊の黄表紙『世之助噺（よのすけばなし）』（蔦重版）に「喜三二門人婦人亀遊」という署名があり、女性であると考えられています。[15]「うきよ」「よの介」は『世之助噺』の登場人物である世之介（ママ）の名前からとったものと思われます。「なれかね」は喜三二の姉の子の小林与三郎のことで、狂名を味噌糀なれかねといい、戯号を宇三太といいました。「かつぱ」は宇三太作の黄表紙『網大（あみだい）

慈大悲の換玉』（天明二年刊）[16]に河童が登場することをふまえているのでしょう。「はやがき」は『柳巷訛言』に序文を寄せた佐藤又兵衛、狂名・早書知久良のことです。このように、規模は小さいながらも喜三二を中心に狂歌に遊ぶ人々のグループが形成されていたことがわかります。

喜三二は、寛政元年（一七八九）に『我おもしろ』に記した序文のなかで、和歌の詠み方と狂歌の詠み方の違いを独特の喩えを用いて説明しています。その部分を現代語訳して引用します。

〈現代語訳〉諸大名の御前に呼ばれて出る時、その大名が書院の正面に、裃をご着用になり、臣下を大勢したがえてお座りになる。こちらも礼服を着て、はるか下座に這い出て礼をなし、大名が物語などなさると、こちらは言葉少なにおろおろとお答えするばかり、これがまことの歌のさまである。その後、ふだんの居間に、袴をお召しにならずにお座りになり、肩衣を取って近々と寄って、煙草をのみながら、世の中のことを物語れとのことで、打ち解けて可笑しいことなどを申し上げれば、お笑いになることもあろう。だが、大名の御前なので、友達と話をするように申し上げることはできない、狂歌もこの心持ちで詠むべきものか。自分と同等の友達に対してものを言うような気持ちでは、いやしく、拙(つたな)くなり、狂歌のさまを失うだろう。

和歌は威儀を正して丁寧に。狂歌はそれに比べればややくだけた感じで、しかしくだけすぎてはいけない。喜三二はそのことを、大名の前で話をする状況に喩えて説明しています。留守居役を務めていた喜三二ならではの喩え方と言えるのではないでしょうか。

## 複数の自分

ここで、喜三二の筆名について考えてみましょう。喜三二は「気散じ」を利かせた名で、武士としての仕事のかたわらで気ばらしに執筆する戯作者らしいペンネームです。手柄岡持は、春町の『吉原大通会』に「釣がすき成なれば、手柄岡持と名を付きましょう」とあり、釣り好きにちなんだ名前と考えられます[17]。

たくさんの号を持ち、おおまかにはジャンルごとに使い分ける。自分のなかにいくつもの自分がいるようです。そのことを作中で表現しているのが、天明七年刊行の黄表紙『亀山人家妖（きさんじんいえのばけもの）』（蔦重版）[18] です。

物語は喜三二を主人公とする前半部分と、手柄岡持を主人公とする後半部分に分かれています。前半は次のような内容です。

---

〈あらすじ〉喜三二のところに蔦重がやってきて原稿を催促し、喜三二が化物を趣向にしようと考えながら居眠りをする。夢の中に、亀山人、狂歌人の手柄岡持、吉原細見の序を書く朋誠堂などが現れ、喜三二とともに趣向の相談をする。喜三二は役者を化物と見なしたり、亀山の化物と称する入道と会話したりした後、目を覚まし、「化かすも化かされるも皆人の心にあり、ばかにするもばかにされるも同じ道理なり」と悟る。

---

後半のあらすじは次のようなものです。

---

〈あらすじ〉手柄岡持は友人たちと一緒に、釣りをしようと置いてけ堀に出か

ける。化物におびえた友人たちは、岡持を置いて逃げ去る。遊女の留山と島浦が現れ、喜三二は留山と連れ立って妓楼に行き、遊興する。岡持は留山に入れあげるあまり、他の遊女の姿がおかしなものに見えてくる。また、自分の男ぶりがよいので留山にほれられたのだとうぬぼれる。遊女たちは陰で岡持の悪口を言い、岡持は寝たふりをしてそれを聞き、今まで色男と思っていたが、一度に年を取った気分だと、目の覚める思いがする。

後半の物語は、化物は心から生じるものという教訓を示して終わります。前半と後半の教訓はだいたい同じですが、前半は夢を見たことでそのような悟りを得、後半は夢ではなく吉原での経験を経てそのことに気づくという違いがあります。後半の妓楼の描写、とくに遊女たちが集まって忌憚（きたん）のない会話を交わしているのを客の岡持が聞いてしまう場面は、あるいは喜三二の遊興の実体験に基づいているのかもしれません。

ともあれ、この作品で興味深いのは、喜三二が自分自身を戯画化しているだけでなく、複数の自分を見える形で登場させていることです。喜三二が居眠りをしてい

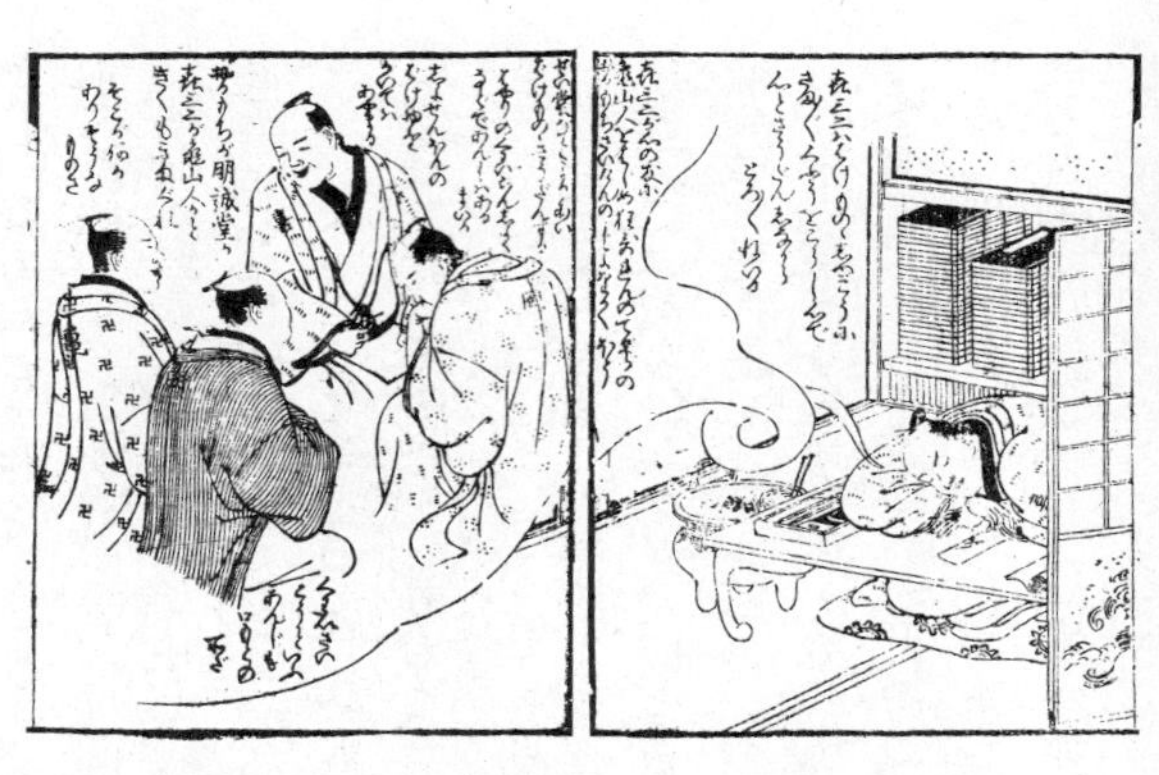

図4　居眠りをする喜三二。吹き出しの中に四人の人物。『亀山人家妖』国立国会図書館所蔵

る場面の挿絵には、喜三二の胸元から吹き出しが広がり、そのなかに喜三二、岡持、朋誠堂、亀山人の四人が話し合っている様子が描かれています（図４）。これらは全員、喜三二の分身ということになります。

　一人の人間のなかに、役割ごとに異なる自分がいる――現代の感覚にもつながる考え方を、喜三二は持っていたのかもしれません。

　盛んに戯作を執筆していた安永・天明期は、喜三二にとって、本業の職務も忙しい時期でした。藩士・平沢平角の働きぶりは、井上隆明氏が多数の史料に基づいてまとめた「喜三二・晩得勤中年譜」

からありありと伝わってきます。例えば、安永七年閏七月には国元の久保田城の本丸が焼失し、御刀番の平角は同月十七日に江戸から秋田へ向けて出発、二十五日に秋田に到着しています。井上氏は、通例江戸―秋田間を十二日半で歩くところ、喜三二は九日間で着いており、火急の事態であったにちがいないと述べています。[19]
また、天明五年に藩主の佐竹義敦が死去した際には、留守居役の平角は遺骸を秋田に送るための手続きをとりおこなっています。

## 『文武二道万石通』の絶版とその後

喜三二の黄表紙『文武二道万石通』(天明八年刊、蔦重版)は、松平定信による寛政の改革を揶揄した黄表紙の一つであり、絶版となったことで知られています。

作中の時代は鎌倉時代です。源頼朝は畠山重忠に命じて、日本の大名・小名を武芸を得意とする者、文の道に秀でた者、どちらも得意でない者に振り分けます。どちらも得意でないぬらくら者たちは箱根の温泉に送られ、好きな遊びをして日々を過ごします。重忠はその様子を報告させ、ぬらくら者たちを文・武のいずれかに振り分けます。

作中には天明七年の学問・武芸出精者調べや、天明六年から七年にかけての田沼派の人々の失脚といった、同時代の武士たちをめぐる出来事に基づくモチーフがちりばめられています。源頼朝には将軍の徳川家斉、畠山重忠には松平定信が重ねられています。挿絵では重忠の衣服に大きく梅鉢紋が描かれており、同じ家紋を持つ定信を連想させる表現になっています。[20]

曲亭馬琴の『近世物之本江戸作者部類』には、「『文武二道万石通』〔三冊物、蔦屋版〕、古今未曾有の大流行にて、早春より袋入にせられ、市中を売あるきたりといふ〔天明八年正月の新板也〕。〔中略〕赤本の作ありてより以来、かばかり行れしものは前未聞の事也といふ」とあり、その人気ぶりを伝えています。

当時の幕政や世情、噂話などを伝える水野為長の随筆『よしの冊子』[21]の寛政元年三月の条には、草双紙を作っている「佐竹留守居」は「万石通」などと時事的な事柄を作品にしたので、万が一お咎めがあっては済まないと国元への異動を命じられたという噂が書き留められています。また同年四月の条には、「佐竹の家老に喜三次と中草双紙造り」がいて定信のことを作品に書き、定信の知るところとなったので、国元への異動を申し付けたという噂が記されています。

後者には喜三二を家老とする誤りが含まれていますが、どちらも『文武二道万石通』が問題視されて喜三二が江戸詰から国元に配置換えになったという趣旨の噂話です。しかし実際には、『文武二道万石通』を書いたことで喜三二が表立って咎められた事実はないようです。井上隆明氏は、当時の喜三二が御判物（所領目録）の確認と再交付の手続きという大仕事の中心にあり、天明八年三月上旬に職務を完遂していること、同年九月に褒美として御紋付の帷子と銀子などを拝領していること、同年十月には足痛のため駕籠の使用を許されていることを指摘しています[22]。

一方、『文武二道万石通』には、重忠の梅鉢紋を目立たない形に変え、作中人物が曾我物の世界の登場人物であることを強調する形に変えた再刻版と、さらに梅鉢紋を完全に削った版があります。これらは、幕府の中枢にいる人物をあからさまに揶揄する表現を避ける方針にたった自主規制であると考えられます。

しかし最終的には、『文武二道万石通』は絶版処分となりました。喜三二は咎められなかったものの、芍薬亭長根に喜三二の号を譲り、寛政元年を最後に吉原細見の序を書くことをやめています[23]。その後は、版元が喜三二の旧作の黄表紙などを再版することはありましたが、喜三二自身は黄表紙界からは退き、戯作の執筆は狂歌や狂文の範囲にとどまるようになりました[24]。

文化二年（一八〇五）、七十一歳の年に喜三二は藩の仕事から引退します。『我おもしろ』に、次のような狂歌があります。

致仕してつふりを丸め平角を平荷と改て
平角はくのなき人となりにけり角もとれつつ丸きはちすは

引退して剃髪し、通称の平角を平荷と改め、平角は「苦」のない人となった、「角」が取れて丸い蓮の葉になった、と詠んでいます。下の句には、「荷」が蓮を意味する洒落をきかせています。

引退後の喜三二は和歌・和文に熱中し[25]、文化十年に七十九歳で亡くなりました。『我おもしろ』には辞世の狂歌三首が収められています。そのうちの一首は次のような歌です。

死にたうて死ぬにはあらねどおとしには御不足なしと人やいふらん

## 山東京伝（北尾政演）

一七六一年～一八一六年。戯作者、浮世絵師。
主な作品に『江戸生艶気樺焼』『新美人合自筆鏡』など。

### 愛用の机

山東京伝は浮世絵、戯作、考証随筆など幅広い分野で活躍した人物です。宝暦十一年（一七六一）に江戸の深川木場に生まれ、本名を岩瀬醒、通称を伝蔵、浮世絵師としての号を北尾政演といいます。

父親の岩瀬伝左衛門は伊勢の出身で、江戸へ出て質屋に奉公し、その店の養子となりましたが、安永二年（一七七三）に養家を離れ、ほどなくして京橋銀座一丁目の町屋敷の家主になりました。家主は地主や家持（屋敷の所有者）に代わってその土地や屋敷を管理する職業です。

京伝は、明和六年（一七六九）、九歳の時に師匠に入門して手習いを始め、その時に父親から貰った机を生涯愛用しました。晩年にそのことを回顧し、「古机の記」を記しています。京伝の死後、弟で戯作者の山東京山はその机を浅草寺の敷地内に埋め、机塚の碑を建立しました。碑の表には「古机の記」の文章が「書案之記」として刻まれ、裏面には大田南畝撰の漢文が刻まれています。[1] 机塚は東京都台東区の浅草寺境内に現存しています。

### 浮世絵師・政演と戯作者・京伝

京伝が浮世絵師の北尾重政に入門したのは安永四年頃と推定されています。蔦重とのかかわりは、絵師としての仕事から始まりました。安永七年に蔦重が出版した富本節正本の一つに『色時雨紅葉玉籬』があり、その表紙に描かれた役者絵に「政演画」という署名が確認できます。[2]

また、版元は不明ですが、同じ安永七年刊行の黄表紙『開帳利益札遊合』にも政演画の挿絵があります。作者は者張堂少通辺人という人物で、これ以外に著作は見当たりません。現在では、者張堂少通辺人は京伝が「京伝」の号を用いる前に使った筆名の一つと考えられており、『開帳利益札遊合』は京伝の黄表紙の第一作とされています。安永九年に鶴屋から出版された『娘敵討古郷錦』には「画工　北尾政演」「京伝戯作」という署名があり、これが作者として「京伝」の号を初めて用いた作品です。

この頃の京伝の黄表紙で指折りの傑作の一つに、作者が見た夢のなかの物語という形で書かれた『御存商売物』（天明二年〈一七八二〉刊、鶴屋版）があります。内容をかいつまんで紹介しましょう。

〈あらすじ〉上方から江戸へ下ってきた八文字屋本（浮世草子）と行成表紙の絵本は、かつては人気者だったが、最近は青本などの流行に押されて肩身が狭く、口惜しい思いをしている。そこで青本にけちをつけようと考え、青本と同じ地本（江戸で作られ、江戸市中で流通する本）である赤本と黒本に声をかける。行成表紙の絵本が赤本と黒本に「青本の評判記」を見せ、あなた方が流行らなくなったのは青本の人気が高まっているからだと焚きつけると、赤本と黒本は青本を妬み始める。

青本は何も知らず、洒落本や一枚絵（一枚摺りの浮世絵）と仲良く集まったり、吉原で遊んだりしている。黒本は実用書たちを仲間に引き入れ、青本の妹である柱隠し（細長い判型の浮世絵）を誘拐する。赤本は、柱隠しの恋人である一枚絵に、実は柱隠しは黒本と恋仲で、青本も同じ地本である黒本に柱隠しを縁づけるつもりでいる、と嘘をつく。逆上した一枚絵は青本と果たし合いをしようと、青本のいる吉原へ走ってゆく。

唐詩選と源氏物語は吉原の妓楼・扇屋から帰る途中で、血気にはやる一枚絵に出くわし、事情を聞く。赤本と黒本の謀略が露見し、唐詩選と源氏物語は赤本・黒本・青本・一枚絵を集めて教訓する。一枚絵と柱隠しはめでたく祝言をあげる。唐詩選と源氏物語の仰せを受けた徒然草の指図で、赤本と黒本は根性を綴じ直され、八文字屋本と行成表紙の絵本は屛風の下張りなどにされてしまう。

作中に登場する種々の出版物は、江戸で実際に流通していたものです。[3] また、出版物どうしの関係にも、当時の出版物をめぐる現実が反映されています。例えば行成表紙の絵本が赤本と黒本に「青本の評判記」を見せる場面がありますが、これは天明元年に黄表紙評判記『菊寿草』（大田南畝編）が出たことを取り入れたものです（当時は黄表紙のことを「青本」とも呼んでいました）。唐詩選と源氏物語が赤本・黒本・青本・一枚絵を教え諭す者として登場するのは、これらが古典文学であり、地本よりも格の高い本だったことにもとづいています。赤本や黒本らが処分される場面で徒然草が指揮を執るのは、この当時、徒然草が教訓の書かれている本として読まれていたことと関係しています。

挿絵に描かれた出版物は人間の姿をしており、そのキャラクター設定も個々の出版物の特色と結びついています。例えば青本の人物像は「世辞にかしこく、いきをもつぱらとして、当世の穴をさがし、俳気もすこしあつて、毛すじほどもぬけめはなく」（愛想が良く、粋で、世間で見過ごされている事実などを探り、洒脱で、少しも抜け目はなく）と説明され、見た目も当時の通人風のいでたちをしています（図1）。これは、現実の黄表紙が最先端の話題や流行に敏感なジャンルであることを反映した設定です。

図1　青本（左）。『御存商売物』東京大学総合図書館所蔵

『御存商売物』は天明二年の黄表紙の評判記『岡目八目』（大田南畝編）において最高ランクに位置づけられ、「寅歳ゑざうし惣巻軸、作者京伝とはかりの名、まことは紅翠斎門人政演丈の自画自作。ごぞんじの商売物の本づくし［中略］古今の大出来大出来」と称賛されました。大田南畝はのちに「此時、はじめて京伝といふ名を覚えし也」（『丙子掌記』）と振り返っています。

### 狂歌人を描く

政演こと京伝が絵師としての力量を見せた作品に、宿屋飯盛（石川雅望）編の『吾妻曲狂歌文庫』（天明六年刊）と『古今狂歌袋』（天明七年刊）[4]があります。「石川雅望」の章で紹介したように、前者は五十名、後者は百名の狂歌人の肖像と狂歌を掲載した作品です。

一人ひとりの肖像は、その人物を特徴づける何らかの要素が加えられていたり、平安時代の歌人を連想させる描き方[5]になっていたりします。例として、『吾妻曲狂歌文庫』の頭光を描いた一図（図2）を見てみましょう。烏帽子をかぶった人物が馬に乗り、富士山の描かれた扇を開いています。この絵について浜田義一郎氏は「在原業平のあずま下りを利かしているらしい」と述べています[6]。江戸時代の『伊勢物語』の版本には、東下りの段に貴族の男が馬に乗って富士山を眺めている様子を描いた挿絵を添えたものがあります。また、『伊勢物語』は平安歌人の在原業平と結びつけて読まれていました。

図2　頭光。『吾妻曲狂歌文庫』東北大学附属図書館所蔵

江戸時代の読者にとって、この頭光の描かれ方から業平を連想することはたやすかったでしょう。面白いのは、馬が歌舞伎の舞台に出てくるような、中に人間の入った馬であることです。頭光は業平を演じてみせていると解釈することもできそうです。

なお、これらの狂歌本の他にも、政演が狂歌人の図像を描いた蔦重版の浮世絵があり、出版時期は一七八〇年代と推定されています[7]。

**遊里を描く**

政演の美人画の代表作とも言われる作品が、天明四年に蔦重から出版された『新美人合自筆鏡』です。これは扇屋の滝川と花扇、松葉屋の瀬川と松人など、当時の新吉原に実在した著名な遊女たちの図像を描いた名品です(図3)。

京伝は、自作の黄表紙にも遊里や遊女をしばしばとりあげています。例えば天明三年刊の『客人女郎』(鶴屋版か)は、大和絵師の白後(はくご)が江戸の浮世絵や草双紙に興味をひかれ、江戸へ下り、吉原の松が屋で遊ぶという内容で、作中の松が屋のモデルは松葉屋です。遊女たちが集まっておしゃべりしている場面では、一人の遊女

図3　瀬川と松人。『新美人合自筆鏡』国立国会図書館所蔵

が「松人さんにさう申て、ゆきなりさんが来なんしたら、草双紙を貰いんしやう。大門の蔦屋へ取りに遣りんせう」と発言しています。この「松人さん」は『新美人合自筆鏡』に描かれている松人のことと思われます。「大門の蔦屋」は蔦重のことでしょう。ちなみに蔦重は天明三年九月に通油町に店を構えましたが、新吉原大門口の店も出店として存続しました(8)。

　京伝が遊里での遊びを主題とする洒落本を手がけるようになったのは、蔦重の勧めによるところが大きかったと推察されます。第一作の『息子部屋』(天明五年刊)の自序には、耕書堂の主人（蔦重）がしきりに乞うので本書を与える、という意味の一節があります。この作品は「馴染の弁」「後朝の客五ツの見やう」「女郎五ツの見やう」など十二の項目を立てて遊廓での遊びを論じたもので、そのうちの五項目は先行の洒落本『魂胆総勘定』（宝暦四年刊）と『古今吉原大全』（明和五年刊）に拠っていることがわかっています[9]。

『息子部屋』を皮切りに、京伝は次々と洒落本を執筆しました。生涯に残した洒落本は十七作で、そのうち実に十一作が蔦重からの出版でした。

黄表紙と洒落本に同じキャラクターが登場するものもあります。『江戸生艶気樺焼』（天明五年刊）と『総籬』（天明七年刊）で、どちらも蔦重版です。順番は前後しますが、まずは洒落本の『総籬』の方から見ていきましょう。

本文は、「金の魚虎をにらんで、水道の水を、産湯に浴て、御膝元に生れ出ては、拝搗の米を喰て、乳母日傘にて長、金銀の細螺はじきに、陸奥山も卑とし、吉原本田の髩筆の間に、安房上総も近しとす」と書き出されています。金の鯱が載った江戸城。水道が整った都市であり、徳川将軍の膝元である江戸。その江戸に生まれて洗練されたものを食べ、大切にされて育ち、贅沢な暮らしをして、流行の本多髷に結ったその髷の間に房総半島が近く見える。この文章には、江戸っ子の誇りと、江戸の繁栄をことほぐ気分が感じられます。

　物語の内容は、金持ちの息子仇気屋艶次郎らの遊びの顚末を描いたもので、現実の新吉原の内情を伝える、いわゆる「うがち」に溢れています。艶次郎と悪井志庵が北里喜之介を誘いに喜之介の家に立ち寄る場面の会話からして、新吉原に関するさまざまな話題が満載です。例えば、喜之介は「はやり言葉もあぢなものだ。ちよつといいだすと、むしやうにはやるよ」といい、最近は扇屋で「きかふさん」、丁子屋で「はてな」「ぶしやれまいぞ」「おたのしみざんす」、松葉屋で「じやあおつせんか」、玉屋で「おにのくび」、大文字屋で「しらァん」ということばが流行っていると言います。艶次郎は「傾城にも、いろいろなくせがあるものだ」といい、遊女のきさかたは「水かがみ」というめりやすが好きで、瀬川は茶の湯を好むといった、一人ひとりの好みや癖について語っています。内部に通じた人しか知り得ないと思われるこうした話題は、読者には興味津々の情報だったのではないでしょうか。

## 獅子鼻の男

次に、『総籬』に先立って書かれた黄表紙『江戸生艶気樺焼』を見てみましょう。この作品では、「浮気なこと」を好む艶二郎（ママ）が浮き名の立つような人間になりたいと大金を費やして愚行を繰り返します。悪井志庵と北里喜之介は艶二郎の取り巻きとして登場します。

艶二郎は歌舞伎役者の家に娘が押しかけるのをうらやんで、わざわざ芸者を雇って自分の家に押しかけさせたり、それを読売（かわら版）に作らせたり、やきもちをやかせるためだけに妾を雇ったりします。最後は心中ほど浮気なものはないと考え、遊女の浮名を身請けして心中のまねごとをしようとしますが、隅田川の土手で泥棒たちに襲われ、着ていた着物を奪われてしまいます。実は泥棒に扮していたのは艶二郎の父親（仇気屋の主人）と番頭で、家に戻った艶二郎は父親から説教され、ようやく目が覚めてまともな人間になるという結末です。

艶二郎は獅子鼻で、美男ではないという設定です。『総籬』の挿絵に描かれている艶次郎も同じ顔をしています。『総籬』の凡例には、「艶治郎ハ青楼ノ通句也。予去々春江戸生艶気椛焼ト云。冊子ヲ著シテヨリ、已恍惚ナル客ヲ指テ云爾」（艶治郎は妓楼の流行語である。私が一昨年の春に江戸生艶気樺焼という草紙を著して以来、うぬぼれの客をさしてそのように言う）とあり、当時、「艶二郎」が流行語になっていたことがわかります。

その後、獅子鼻の顔は艶二郎というキャラクターから離れ、京伝その人を指し示すトレードマークのようなものになっていきました。例えば『総籬』の翌年、天明八年に出版された京伝作の黄表紙『会通己恍惚照子（かいつうぬぼれかがみ）』（西宮版）には、京屋伝二郎という獅子鼻の人物が登場しています。名前からして京伝を連想させます。京屋伝二郎は二十六歳で、「今廿六の春、男一疋といふ盛りを、ただ父の脛（すね）をのみかぢりて、世の中をぶらりぶらりと暮らしけるが」という設定です。この年、京伝は二十八歳で、生業と言えるような仕事はしていませんでした。京伝は自らをほうふつとさせる人物を作り出し、獅子鼻の顔で戯画的に描いたのです。

京伝はその後も、『京伝憂世之酔醒（きょうでんうきよのえいざめ）』（寛政二年〈一七九〇〉刊、大和田版）や『世上洒落見絵図（よのなかしゃれけんのえず）』（寛政三年刊、蔦屋版）など、いくつかの黄表紙に自身を思わせる人物を登場させています。「蔦屋重三郎」の章で紹介しましたが、『堪忍袋緒〆善玉』（寛政五年刊、蔦重版）には、書斎にいる京伝を蔦重が訪ねて原稿を催促する様子が描かれており、京伝は「京」を散らした着物に獅子鼻の顔、蔦重は富士山形に蔦の紋をつけた羽織を着ています。蔦重にお茶を出しているのは寛政二年に結婚した妻の菊園です（図4）。

現実の京伝は、浮世絵「江戸花京橋名取」（鳥橋斎栄里画）[10]や合巻『長髪姿蛇柳（ながかもじすがたじややなぎ）』（京伝作、歌川国貞画、文化十四年〈一八一七〉刊）に描かれている肖像から、面長の容貌だったと推測されます。獅子鼻の京伝というキャラクターは架空のものであり、戯作という虚構においてのみ息づく存在でした。

## 二つの筆禍事件

天明七年から始まった寛政の改革は、黄表紙や洒落本といった江戸の戯作に大きな打撃を与えました。京伝の身にも、二つの災難がふりかかります。

一つは、寛政元年刊行の石部琴好の黄表紙『黒白水鏡』（版元不明）[11]が絶版となった事件です。この作品には老中の田沼意次（おきつぐ）とその息子の意知（おきとも）をモデルとした梶原かぬまとその息子の山二郎が登場し、意次による運上金の取り立てや、意知が佐野政（まさ）言（こと）に切り付けられた事件（天明四年）、意次の失脚（天明六年）など、現実のできご

図4　左から京伝・菊園・蔦重。『堪忍袋緒〆善玉』東京都立中央図書館特別文庫室所蔵

とを下敷きにした滑稽な情景が描かれていました。作者の琴好は手鎖の後に江戸払い（追放）となり、挿絵を描いた京伝も過料を命じられたと伝えられています。(12)

もう一つは、寛政三年に蔦重から出版された京伝の洒落本『仕懸文庫』『娼妓絹籭』『錦之裏』が絶版となった事件です。町奉行の取り調べと処分の内容については「蔦屋重三郎」の章で述べましたので、ここでは問題となった三作の内容を紹介します。

『仕懸文庫』は歌舞伎などで知られた曾我物の登場人物である小林朝比奈、曾我十郎、曾我五郎らが大磯の廓で遊ぶという内容ですが、実際には江戸の深川の遊里を大磯に仮託して描写した作品です（図5）。『娼妓絹籭』は大坂を舞台とし、近松門左衛門の浄瑠璃『冥途の飛脚』などで知られる梅川・忠兵衛が登場しますが、よく読めば江戸の新吉原を描いた作品であることがわかります。『錦之裏』は、後一条天皇の時代（平安時代）の神崎の廓を舞台に、遊女の夕霧と客の伊左衛門（近松門左衛門の浄瑠璃『夕霧阿波鳴渡』などで知られた人物）が登場します。ですが、実際に描かれているのは神崎でも大坂でもなく、新吉原です。朝から七ツ時（午後四時頃）までの、昼間の遊廓の様子を時系列で描写することがこの作品の眼目でした。

寛政の改革下の江戸では、洒落本に厳しい目が向けられていました。好色本の禁止は享保七年（一七二二）の町触に明示されていましたが、天明期に洒落本が多数出版されていたことからわかるように、厳密な取り締まりがなされていたわけではありませんでした。しかし、寛政二年（一七九〇）十月に出版前の改（検閲）を義務化する町触が出され、締め付けが強化されたのです。

京伝の三作の洒落本は改（検閲）を通過して出版されたものでした。『仕懸文庫』は書籍の本体を包む袋に「教訓読本」と書かれています。[13] また、『錦之裏』の附言には、「予屢妄の著述をなし、淫蕩を伝ふるに似たれども、必其戒を忘れず、

図5　口絵と本文の冒頭部分。『仕懸文庫』東京都立中央図書館特別文庫室所蔵

喜怒哀楽(よろこびいかりかなしみたのしむ)の人情(じんじやう)を述て、勧善(ぜんにすすめ)懲悪(あくをこらす)の微意(すこしきこころざし)あり」（私はしばしばみだりな著作をなし、それは遊蕩(ゆうとう)を伝えることに似ているが、決して戒めを忘れてはおらず、喜怒哀楽の人情を述べて善を勧め悪を懲らそうとする志がある）という一節があります。このように教訓を前面に打ち出したのは、これらが役に立つ本であり、無益な好色本ではないことを強調するためではなかったかと思われます。

　これらの作品を最後に、京伝は洒落本の筆を断ちました。黄表紙の執筆は続けていましたが、遊廓や遊女を扱うそれまでの作風から大きく転換し、例えば寛政四年に蔦重から出版された『梁山一歩談』と『天剛垂楊柳』は中国小説『水滸伝』をわかりやすく絵入りで抄録した作品でした。曲亭馬琴は『天剛垂楊柳』について「この草紙は寛政三四年の比、蔦屋重三郎が思ひつきにて作を京伝にあつらへ画を北尾重政にゑがかせたり[14]」と記しており、蔦重のアイデアであったと述べています。なお、馬琴は寛政二年に初めて京伝に会い、寛政三年には一時的に京伝の家に身を寄せていました。これについては「曲亭馬琴」の章で詳しく述べます。

寛政四年五月、京伝は両国柳橋の料亭万八楼で書画会（即席で書画を揮毫する催し）を開催し、その収益に借り入れ金を加えたものを資金として、翌寛政五年の春に京橋銀座一丁目に店を開きました。京伝がデザインした紙製の煙草入れや煙管を商う店で、大変に繁昌したと伝えられています[15]。三十三歳の年、京伝は初めて家業といえる仕事を持ったのです。

### 『心学早染草』と悪玉踊り

京伝はたくさんの黄表紙を書いていますが、後世への影響の大きさという点では、人間の魂（善魂・悪魂）を擬人化して表現した『心学早染草』（政美画、寛政二年刊、大和田版）を見過ごすことはできません。主人公は商家の息子、理太郎です。あらすじを紹介しましょう。

〈あらすじ〉理太郎は善魂とともに健やかに成長したが、ある日、昼寝をしている時に善魂が外に遊びに出かけ、悪魂たちに縛られてしまう。理太郎の体に悪魂たちが入り込み、理太郎を吉原へいざなう。理太郎は妓楼で遊び、楽しく過ごす。悪魂たちも宙に飛んで踊る。理太郎は悪魂に手を引かれ、居続け（連泊）をしようとするが、善魂が駆けてきて理太郎を連れ帰る。

その後、理太郎は家で仕事に精を出していたが、遊女からの手紙が届き、迷いの心が生じる。悪魂はそれに乗じて善魂を切り殺し、ふたたび理太郎の体に入る。理太郎はどら息子になり、大酒を飲み、博奕（ばくち）や騙（かた）りをするなど悪事を重ね、勘当されてしまう。

理太郎は盗賊となるが、ある夜、道理先生に出会って教訓され、改心する。殺された善魂の女房と息子たちは敵の悪魂を討ち、他の悪魂たちは逃げ去る。善人となった理太郎は家に戻り、親に孝を尽くし、家は富み栄えた。

図6　踊る悪魂。『心学早染草』国立国会図書館所蔵

　人間のなかにある善心（善魂）と悪心（悪魂）とを可視化し、一人の人間が不良になったり改心したりするさまをそれらのせめぎ合いの形で表現した点が、この作品の見どころです。善魂と悪魂は人間と同様の身体を持ち、ただし目鼻はなく、丸い頭部に「悪」「善」の字が大きく書かれるというユーモラスな外見をしています。妓楼で三人の悪魂が並んで踊っている場面では、その体の動きが楽しげな雰囲気を醸し出しています（図6）。『心学早染草』は好評で、京伝自身によって続編にあたる『人間一生胸算用』（寛政三年刊）と『堪忍袋緒〆善玉』（寛

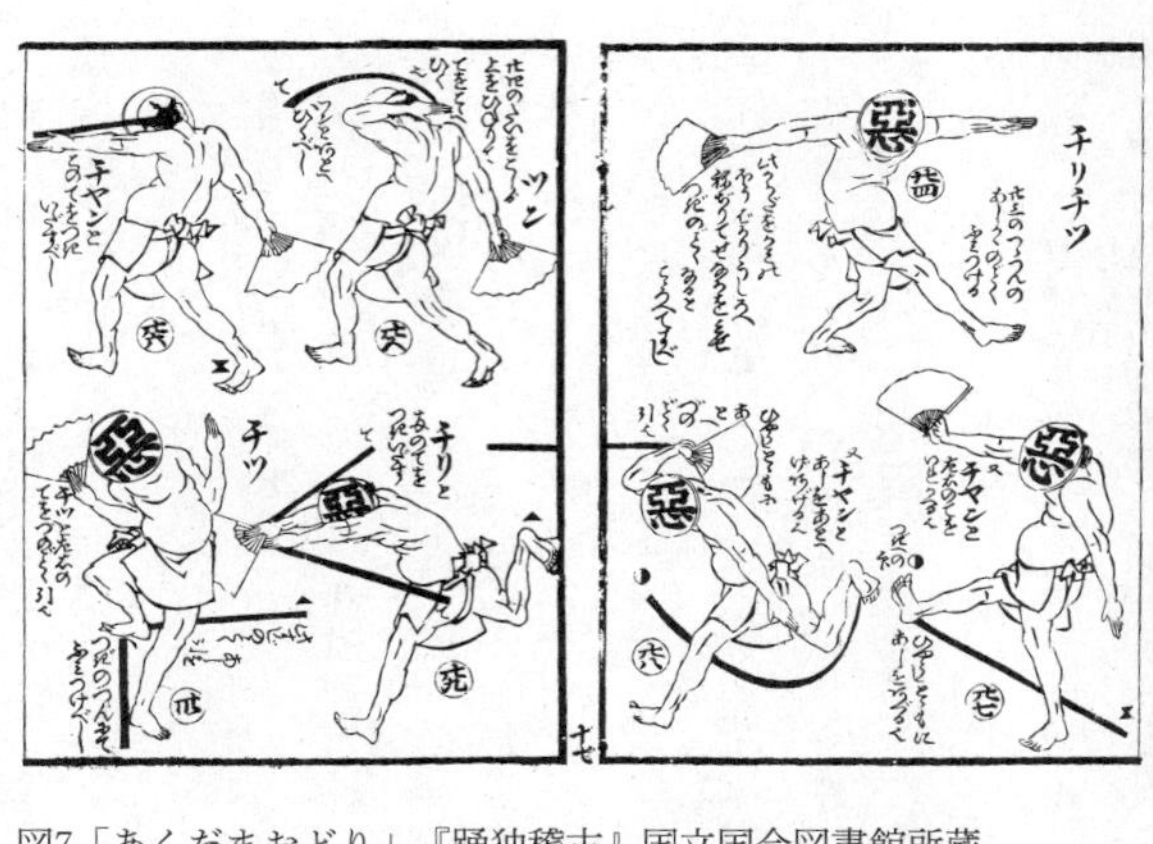


図7「あくだまおどり」。『踊独稽古』国立国会図書館所蔵

政五年刊）が書かれました。曲亭馬琴も「わるだまぜんだまは一つの名にして又一つの名にあらず」と始まる『四遍摺心学草紙（しへんずりしんがくぞうし）』（寛政八年刊[16]）を著しています。ちなみにこれらはいずれも蔦重版です。

悪魂の踊りは歌舞伎の舞踊にも取り入れられ、文化八年（一八一一）三月の江戸・市村座では所作事の「七枚続花の姿絵」の一部として三代目坂東三津五郎が悪玉踊りを踊りました。文化十二年に出版された『踊独稽古（おどりひとりげいこ）』（葛飾北斎画編、藤間新三郎補正、鶴屋金助版）には、ひとりで練習して踊れるよう、動きを図解した「あくだまおどり」が掲載されています[17]（図7）。さらに明治期の浮世絵やおもちや絵、本の表紙・挿絵などにも、善魂・悪魂の図像を源流とするキャラクターが見いだされるとのことです。[18]

## 『忠臣水滸伝』の刊行まで

京伝の手がけたジャンルは浮世絵、黄表紙、洒落本、見立て絵本、滑稽本、読本、合巻と多岐にわたっています。複数のジャンルに筆を執った戯作者は多くいますが、京伝はどのジャンルにも名作を残しており、江戸の戯作者を代表する存在と言えます。

京伝の読本『忠臣水滸伝』（前編寛政十一年、後編享和元年〈一八〇一〉刊、蔦重・鶴屋版）は、江戸における読本流行のさきがけとなった作品です。浄瑠璃や歌舞伎で知られる「仮名手本忠臣蔵」と中国小説の『水滸伝』を取り合わせた内容で、馬琴の『近世物之本江戸作者部類』には「世評特に高かりしかば、多く売れたり。この比よりして、よみ本漸々流行して遂に甚しくなる随に、京伝が稿本を乞て板せんと欲する書賈少なからず」（世間の評判が特に高く、多く売れた。この頃から読本が次第に流行して、その勢いが激しくなり、京伝の原稿を求めて出版しようとする版元は少なくなかった）とあり、好評だった様子がうかがえます。

本書は当初、「忠義大星水滸伝」という題名で宣伝されていました。寛政九年の蔦重版の黄表紙『武者合天狗俳諧』（曲亭馬琴作）[19]の巻末に蔦重版の書籍四点が広告されており、その中に「〈和国小説〉忠義大星水滸伝　山東庵主人著　五冊」とあります。その広告文に「此書は傀儡の謡曲仮名手本忠臣蔵を拠として太平記に本づき、水滸伝に倣ひ、忠臣孝子義男貞女の趣を切にしたり。童子にも読安き仮名書の本なり」とあり、「仮名手本忠臣蔵」と「水滸伝」を基にした作品であることが説明されています。「大星」は「仮名手本忠臣蔵」の主要人物、大星由良之助を暗示するものです。

蔦重は寛政九年五月に死去し、『忠臣水滸伝』の出版を自身の目で見ることはできませんでした。ですが、後に京伝が読本の作者として活躍することになる道筋をつけたのは蔦重の功績と言ってよいでしょう。

京伝は文化十三年（一八一六）九月七日に急死しました。九月六日の夜に弟の京山の書斎開き（書斎の新築を祝う宴）があり、京伝は合巻の執筆を途中でやめて出かけましたが、子の刻（午前零時頃）過ぎに帰路につく途中、具合が悪くなり、ようやく帰宅した後、丑の刻の半ば過ぎ（午前二時過ぎ）に亡くなったと伝えられています。[20] 九月八日に両国の回向院で葬儀が行われました。

京伝は寛政二年に、父の伝左衛門と共に、回向院に岩瀬家の墓を建立していました。表に「岩瀬氏之墓」、側面に「江都　岩瀬伝左衛門信明　男伝蔵有済　建」と刻まれた墓石の隣に、現在では岩瀬醒の墓（京伝の墓）と岩瀬百樹の墓（京山の墓）が並んでいます。

# 曲亭馬琴

一七六七年〜一八四八年。戯作者。
主な作品に『椿説弓張月』『南総里見八犬伝』など。

## 若き日の馬琴

曲亭馬琴は、源為朝を主人公にした『椿説弓張月』（文化四〜八年〈一八〇七〜一八一一〉刊）や、犬塚信乃ら八人の犬士の活躍を描いた『南総里見八犬伝』（文化十一〜天保十三年〈一八一三〜一八四二〉刊）など、長編読本の作者として知られています。

馬琴は本名を滝沢興邦と言います。明和四年（一七六七）、江戸の深川に武士・滝沢興義の子として生まれました。戯作者としての馬琴の人生は寛政期の初めごろから始まります。そこには山東京伝や蔦屋重三郎が大きく関わっています。

まずは、馬琴が家族のために記した滝沢家の記録『吾仏乃記』（天保十四年頃成[1]）を参照しながら、戯作者になる前の馬琴の人生を見てゆくことにしましょう。

馬琴の母の名はもんと言います。七人兄弟で、馬琴の上には興旨（宝暦九年〈一七五九〉生まれ）、吉次郎（宝暦十一年生まれ、早世）、荒之助（宝暦十三年生まれ、早世）、興春（明和二年生まれ）という四人の兄があり、馬琴の下には蘭（明和八年生まれ）、菊（安永三年〈一七七四〉生まれ）という二人の妹がいました。

馬琴は子供時代の読書経験について、次のように記しています。


---

〈原文〉性として年甫の六、七歳より画冊子を好み、筆把技を嗜めり。ここをもて、いまだ学ばざれどもいろは四十七字を覚得て、画冊子などは拾ひ読にしたり。当時、母大人、冊子物語と浄瑠璃本を見ることを嗜み給ひしかば、解も亦是を受読もの、いくらなるを知らず。年十三歳に至るまで、当時印行の浄瑠璃本は熟読せずといふものなし。[2]

---

これによれば、馬琴は六、七歳から絵入りの読み物である絵草紙（草双紙）を好み、母が草子物語と浄瑠璃本に親しんでいたので自分もそれらを読み、十三歳になるまで相当の数の浄瑠璃本を読んでいたようです。馬琴の戯作には、浄瑠璃から題材を取っているものがいくつもあります。子供の頃に読んだものの記憶が創作につながっている部分もあるのかもしれません。

馬琴の父の興義は、深川に屋敷を持つ旗本の松平信成(のぶなり)に仕えていました。しかし、安永四年に五十一歳で急死してしまいます。妻のもん、興義と同じく松平家に仕えていた長男興旨（当時十七歳）、そして興春以下四人の子供が後に残されましたが、滝沢家の俸禄(ほうろく)は減じられ、経済的に厳しい状態となりました。「母の艱難推て知るべし」[3]と馬琴は記しています。安永五年の秋に興春は旗本の蒔田鍊三郎の家臣高田均平の養子となって家を出て行き、同じ年の冬に興旨は主家の松平家を離れて浪人となります。このまま松平家に仕えていては行き詰まるという判断があったと思われます。当時十歳だった馬琴が滝沢家の家督を継ぎ、松平信成の孫の八十五郎(やそごろう)に仕えることになりましたが、俸禄は年に二両二分、月俸は二口（二人扶持(ぶち)）という薄給で、母子四人が食べて行くには十分ではありませんでした。住んでいた家も取り上げられ、代わりに与えられたのはごく小さな家でした。

安永七年の秋、興旨は旗本の戸田家に仕えることとなり、母のもんは馬琴の妹たちを連れて興旨の居宅へ移ります。馬琴は一年ほど一人暮らしをした後、松平家の邸内に起き伏しすることになりました。主君の八十五郎は「大癇症にて、性急烈火の如し[4]」という性質で、少しでも気に入らないと厳しく責め苛むような人物でした。

そのような状況でも馬琴は読書に親しみ、俳諧を好み、雪中庵蓼太（大島蓼太、江戸中期の俳人）の高弟で松平家の門前に住む御家人の柴田氏の家に行って話を聞いたり、俳書を読んだり、軍記物の本を読んだりしていました。しかし安永九年、十四歳の時、主君の叱責がはげしく、馬琴は「木がらしに思ひたちけり神の旅」という句を残して主家を去ります。

母と兄の怒りを恐れた馬琴は父の知人の家に身を寄せましたが、十一月に興旨が訪ねて来て、「汝甚大胆也。いざ来よ」（お前はひどく大胆だな。さあ来い）と馬琴を引き取ります。天明元年（一七八一）、馬琴は叔父の田原忠興の家に移り、元服し、官医の山本氏の塾に入って医書の講義を受け、田安家に仕える儒者の黒沢右仲に論語・孟子の句読を教わります。

天明三年、十七歳の馬琴は興旨の家に戻り、戸田家に仕えますが、長続きせず、天明四年三月に戸田家を去り、俳諧の友人や読書仲間の家に寓居（ぐうきょ）します。その頃の馬琴は背が高く太っていて、力士にならないかと言われたこともあったと言います。

天明五年、馬琴十九歳の時に母のもんが亡くなります。その後、馬琴は水谷信濃守に仕え、天明六年に水野家を辞した後は小笠原上総介に仕え、また天明七年には小笠原家を辞して有馬備後守に仕えますが、天明八年に病気になり、有馬家を辞します。寛政元年（一七八九）に回復した後は仕官せず、官医の山本氏の塾に入り、また儒学者の亀田鵬斎（かめだぼうさい）の講義を聴くなどしていました。

## 山東京伝と出会う

寛政二年の秋、馬琴は山東京伝のもとを訪問しました。馬琴が記した京伝の伝記『伊波伝毛乃記（いわでものき）』によれば、この日、馬琴と京伝は互いのふるさとについて語り合い、奇遇を感じたと言います。京伝が生まれたのは深川木場の質屋、馬琴が生まれたのは深川浄心寺の近くの武家屋敷で、子供の時に住んでいた場所はさほど離れていなかったが、寺子屋が異なり、また武家と町家との区別もあったので、二十年余りのあいだ知り合うことがなかった——馬琴はそのように記しています。

一方、京伝の弟の京山は、随筆『蜘の糸巻』(5)の「天明中戯作者、馬琴略伝」に、馬琴の訪問の目的は京伝に入門することであったと書いています。現代語訳して引用します。

〈現代語訳〉曲亭馬琴は寛政の初めに、一樽の酒を持って家兄(京伝)のもとを初めて訪問し、門人になりたいと言った。住所を聞くと、深川仲町の裏家に一人で住んでいるという。家兄が「草双紙の執筆は、世を渡る家業を持って、その傍らで慰みにするべきものです。今評判を取っている作者は皆そうです。さてまた、戯作は弟子といっても教えるべきことは一つもありません。だから自分(京伝)をはじめ、古今の戯作者に一人も師匠はいません。まず、弟子入りはお断りします。だが、心安く話をしにいらっしゃい。また、書いたものがあれば、見るだけは見てあげましょう」と言ったところ、馬琴はしばしば来て、ものを尋ねた。

このエピソードは二つの点で興味深いものです。一つは勤め先を転々としながら武家奉公を続けてきた馬琴が、そうした生活をやめた後の仕事として戯作の執筆を考え、京伝に師事したいと考えていたという点です。当時の京伝が戯作者としていかに有名であったかがわかります。もう一つは、その京伝が、戯作は生業ではないと考えていたという点です。天明期に黄表紙や洒落本を書いて活躍していた作者たちを振り返れば、恋川春町や朋誠堂喜三二らは武士であり、本業（武士としての仕事）の余技として戯作を書いていました。寛政二年当時、京伝自身は生業と言える仕事に就いてはいませんでしたが、寛政五年に煙草入れなどを商う店を開いた後は、その店の経営を続けながら戯作を執筆しています。

さて、京山は『蛙鳴秘鈔（あめいひしょう）』(6)と題する文章にも当時の馬琴のことを記しています。この文章は京山が鈴木牧之（ぼくし）（越後地方にまつわるさまざまな話題を記した『北越雪譜』の著者）に送ったもので、公にすることを想定して書かれたものではありません。その文中では、馬琴が一樽の酒を携えて京伝を訪ね、「戯作の入門」を乞うた時に、次のようなやりとりがあったと書かれています。これも現代語訳して引用します。

〈現代語訳〉京伝は「これまで入門を求めてこられた人はたくさんいましたが、師弟の約束をしたことはありません。なぜなら、従来の戯作というものは、師匠として教えるべきものがないので、弟子になって学ぶべき道もないからです」と言い、馬琴の入門を固く断ったところ、馬琴は「それならば弟子とはお考えにならなくてかまいません、私からは（京伝を）師匠と存じて、親しくさせていただきたいと思います。それにしても、戯作者としての号を付けていただけませんか」と、しきりに乞うたので、京伝が「深川に住んでおられるならば、深川富ヶ岡八幡宮別当の山号を大栄といい、文字もめでたいので、大栄山人とでもお名乗りなさい」と言ったところ、馬琴は大変喜び、出された食事を食べ、戯作壇について話すなどして、たそがれ時に帰っていった。この時、京伝は京山に向かって「今の男は少しく才気のある者だ。また来たら、居留守を使わずに二階に通しなさい」と言った。この当時、京伝の名を聞いて諸藩の藩士や旅人などが多く訪れ、執筆の時間がとられるので、人や事情によっては居留守を使い、二階の書斎に通す人は稀だった。それで京伝は京山に対してこのように言ったのである。

京伝が馬琴に「大栄山人」という戯号を付けたとあります。馬琴はその年のうちに執筆にとりかかり、寛政三年の春に、序文に「京伝門人　大栄山人」と記した黄表紙『尽用而二分狂言（つかいはたしてにぶきょうげん）』（大栄山人作）が和泉屋市兵衛から出版されました。次に、その内容を見てみることにしましょう。

### 『尽用而二分狂言』

『尽用而二分狂言』[7]は、寛政二年に深川の永代寺で壬生（みぶ）狂言（無言劇）が上演されたこと[8]をふまえて書かれた作品です。[9]おもしろいのは、作中に「てうくわぼう馬琴」が登場し、その「馬琴」の見聞きする出来事が物語として語られている点です。おおよその内容は次の通りです。

〈あらすじ〉諸国を旅したいという気持ちがつのる馬琴は、芭蕉庵の旧跡を慕って深川八幡に参詣し、拝殿で一晩を過ごす（図1）。深夜、拝殿の絵馬に描かれているものが思い思いの姿で抜け出す。もとが絵馬なのでことばを話すことはできず、黒衣を着た何者かが付き添ってセリフを言う（図2）。鵺（ぬえ）の絵馬から抜けだした盗賊の壬生の小猿、鴛鴦（おしどり）の絵馬が変じた若い女性、曾我十郎の絵馬から抜け出した十郎、さらに猪の早太、荒獅子男之助などが現れてさまざまなことが起こる。馬琴が怪しんで見ていると、それらの者たちが面を取って正体を現す。実は皆、馬琴の友達で、常々馬琴がしゃべりすぎるのを憎み、馬琴が酔っているのを幸いに壬生狂言の道具を借りてだまし、口をきくと正体がわかってしまうのでセリフを言う役を付けたのだった。黒衣を着てセリフを言っていたのは作者の大栄山人である。馬琴は、無用のおしゃべりは身を滅ぼすという戒めとして受け止め、ますます俳諧に専心した。

「馬琴」が芭蕉に憧れ、俳諧を志す人物として描かれている点が眼を引きます。馬琴は少年時代から俳諧を好み、また馬琴の兄たちも俳諧に親しんでいました。作中の「馬琴」にはそうした馬琴自身の姿が映し出されているようです[10]。また、セリフを言う黒衣として「大栄山人」が出てくる点もユニークです。これは物語を書き記している作者・大栄山人（馬琴）の直接の投影です。つまり馬琴は、俳諧を好む人

図1　作中の馬琴。『尽用而二分狂言』国立国会図書館所蔵

図2　黒衣（大栄山人）。『尽用而二分狂言』国立国会図書館所蔵

間という、あくまでも私的な自分の一面と、『尽用而二分狂言』の作者・大栄山人としての自分とを、別の人間(キャラクター)として作中に登場させているのです。
この作品が刊行されたいきさつについて、馬琴は『近世物之本江戸作者部類』に次のように記しています。現代語訳して引用します。

〈現代語訳〉寛政二年の秋、たわむれに壬生狂言の草双紙二巻(『尽用而二分狂言』)を書いて京伝に見せたところ、「私にください。私が序文を書いて泉市(和泉屋市兵衛)につかわして、私が執筆を怠けていることの責めを塞ぎましょう」と言って、(出版する際の)慣例の通りにとりはからった。

京伝が序文を書くと言ったとありますが、『尽用而二分狂言』の序文は馬琴自身によるものなので、その点は少し食い違いがあります。ですが、京伝の推薦で和泉屋市兵衛から出版されたというのは事実でしょう。京伝は寛政元年刊行の『黒白水鏡』で挿絵を担当し、処罰されたことから、寛政二年には戯作の執筆をやめたいと考えていました(これについては「蔦屋重三郎」の章を参照してください)。それで和泉屋市兵衛に新作を渡せずにいたため、馬琴のこの作品を代わりに送ったと考えられます。[11]

京山の『蛛の糸巻』には、寛政三年の馬琴の動向についても記されています。これも現代語訳して紹介しましょう。

〈現代語訳〉（馬琴は）「少しばかり卜筮（ぼくぜい）の知識があるので、占いで金を稼ごう」と、知り合いのいる神奈川宿の方を心頼みにし、金次第ではしばらく逗留（とうりゅう）するといって暇乞（いとまご）いに来たが、それから六、七十日も音沙汰がなかったため、京伝はふざけて「馬琴は狼に食われたのだろう」などと言っていた。ある日「今帰りました」と（馬琴が）やって来て、旅の話をし、食事をして帰ったが、翌日、ふたたび来て、「旅の留守に洪水で家の畳が残らず腐っており、壁も落ち、勝手の道具で流れ失せてしまったものも多く、旅先での稼ぎもはかばかしくなかったので、今の自分は足のない蟹（かに）のような状態です。どうしたらよいでしょう」と言う。京伝は「それなら当分うちに居候しなさい」と言い、馬琴は喜んで内弟子の気持ちでいたので、京伝は衣服までも与えた。

原文では、洪水について記した部分に「是寛政三年の洪水」と注記があります。江戸時代の出来事を詳細に記録した『武江年表』によると、寛政三年八月六日に小田原辺りから江戸まで広範囲に高潮が発生し、深川は洪水の被害を受けました。また九月四日にも高潮があり、深川洲崎を中心に甚大な被害がありました。[12]馬琴の家もこれらの洪水で浸水したものと思われます。

寛政三年は京伝が洒落本の筆禍で五十日間の手鎖を命じられた年です。馬琴によれば、京伝が手鎖を許された後の初冬の頃、蔦重や鶴屋などが翌年（寛政四年）春に発売する草双紙の原稿を京伝に求めてきました。京伝はそれまでの付き合いもあり、断ることができませんでしたが、執筆を始めるには時期が遅く、謹慎の気持ちもあり、執筆の意欲が失せていました。そこで馬琴が代作したり、または京伝の考えた趣向をもとにその著作を助けたりし、いくつかの作品を一ヶ月余りでまとめ、翌年春に出版することができたと言います。[13]

京伝は、戯作には師匠もなく弟子もないと述べたということですが、実際には寛政三年のこの期間に馬琴は京伝からさまざまなことを学んだのかもしれません。

## 蔦重に雇われる

馬琴が京伝の家に居候をして半年ほど経った頃——寛政三年の洪水の後だとすれば寛政四年の春頃、馬琴にとって大きな出来事がありました。京山の『蜘の糸巻』から現代語訳して引用します。

〈現代語訳〉ある日、地本問屋蔦屋重三郎が家に来て、京伝に、「このあいだ番頭が使い込みをしたので暇をやり、帳場があいていて店の様子が良くない。見れば居候の男は年恰好（かっこう）も良い、帳面をつけるだけでいいから雇いたい。どうだろうか」と言った。京伝は「酒は飲まない、読み書きはできる、作気（著作の気）もある、ちょうどいいでしょう。だが実直であると確かに請け合うことはできない。いずれ当人に話してみましょう」と答えた。蔦屋が帰った後、馬琴に話すと、戯作者になりたくて京伝をうらやむ気持ちがある馬琴は大変喜び、京伝の世話で別に保証人を立てて証文を書き、蔦屋の奉公人になった。

京山は以上の出来事を、「おのれ目前しりたる事なり」（自分が目の当たりに知ったことである）と記しています。

馬琴自身も『吾仏乃記』に「寛政三年辛亥の春三月、書肆耕書堂〔蔦屋重三郎〕、京伝に就きて、興邦を食客になさまく欲す。戯墨の才ある故也[14]」（寛政三年の春、蔦重が京伝を通じて、興邦を居候に抱えようとした。戯作の才能があるゆえである）と記しています。寛政三年の春のこととしていますが、洪水の被害の後であれば寛政四年春と考えるべきでしょう。

『吾仏乃記』によれば、馬琴は耕書堂に移り住み、一、二年を過ごし、ある日、嘆きつつこう思いました。――滝沢家は代々武士の家で、農家や商家になった者はいない。自分は父の五男だが、不肖の身で町人にまじって暮らしながら、家の通り字（先祖代々伝えられてきた、名前に付ける字）を名前に受け継いで興邦と称するのは身に過ぎたことだ。

馬琴は名前を解（とく）、字（あざな）を瑣吉（さきち）と改めました。この改名には、これからも町人にまじって生きて行かざるを得ないという、馬琴の覚悟がうかがわれます。しかし名前は改めても、馬琴は武士の誇りを持ち続けていました。『吾仏乃記』には次のようなエピソードも記されています。現代語訳して引用します。

〈現代語訳〉蔦重の叔父に尾張屋其甲という、新吉原仲の町で茶屋を経営している裕福な人があり、そこに美貌の娘がいた。蔦重は解（馬琴）をその娘の婿にしようとした。解は驚き、自分は貧乏な浪人だが「乞盗」の娘婿になって父祖を辱めるようなことはしない、と不快に思った。ことばには出さずに退いて、急にこの店を離れる気持ちになった。

「乞盗」は直接には乞食や盗人を意味します。馬琴は遊廓内の茶屋の経営者をそのように見なし、自分はそうした人々と関わりを持ちたくないと考えました。それは馬琴における、武士と町人とを厳然と区別する身分意識とも結びついていたと思われます。[15]

寛政五年、馬琴は蔦重の店を辞し、元飯田町の山田屋半右衛門の家に寄宿します。そして山田屋夫妻の媒酌で会田お百と結婚し、家守の職を得ました。実際の仕事は下家守に勤めさせたと言います。[16] 京山の『蛛の糸巻』では、馬琴は蔦屋に三年ほど奉公した後、飯田町仲坂の下駄屋で家主の後家に婿入りし、後に下駄屋をやめて手習いの師匠をし、その傍らで戯作を執筆したと伝えられています。実際の仕事の重心は戯作の方に置かれていたとしても、かつて京伝が言った、家業を持ち、その傍らで戯作を書くという生き方を、馬琴も手に入れることができたのです。

## その後の馬琴

蔦重から出版された馬琴の戯作には、どのようなものがあったのでしょうか。最も早いものの一つが寛政五年に出版された咄本『笑府衿裂米』[17]です。「曲亭馬琴」の署名のある序文がついていますが、馬琴がいちから創作したものではなく、天明六年刊の黄表紙『手練偽なし』[18]に手を加え、咄本に仕立て直したものであることがわかっています。寛政四年にその版木が準備されていたとすれば、これは馬琴が蔦重に奉公していた間に手がけたものということになります。

寛政八年には黄表紙『四遍摺心学草紙』[19]が出版されました。これは好評を博した京伝の黄表紙『心学早染草』（寛政二年刊、大和田版）の趣向を模倣した作品です。同じ年に出た中本型読本『高尾船字文』[20]は浄瑠璃の『伽羅先代萩』と中国小説の

『水滸伝』を取り合わせた作品で、馬琴にとっては初めての読本でした。しかしあまり売れなかったようで、馬琴は『近世物之本江戸作者部類』に「当時は滑稽物の旨と行はれたれば、させる評判なし。江戸にては三百部ばかり売ることを得たれども、大坂の書賈へ遣したる百五十部は、過半返されたりといふ」（当時は滑稽な作品がもっぱら流行したので、さしたる評判にはならなかった。江戸では三百部ばかり売れたが、大坂に送った百五十部は大半が返本された）と記しています。

寛政九年には、馬琴作の黄表紙が五作、蔦重から出版されています。この年に蔦重が出版した黄表紙は他に京伝作が二作、蔦唐丸（蔦重）作が一作だけなので、黄表紙に関しては馬琴の作品が主力商品になったと言えるでしょう。この年に蔦重は死去します。馬琴は三十一歳でした。以後、嘉永元年（一八四八）に八十二歳で没するまで、馬琴の戯作者人生は続いて行きます。

# 十返舎一九（じっぺんしゃいっく）

一七六五年〜一八三一年。戯作者。
主な作品に『東海道中膝栗毛（とうかいどうちゅうひざくりげ）』など。

## 戯作者になる前の一九

十返舎一九と言えば、『東海道中膝栗毛』が有名です。江戸の滑稽本を代表する作品で、「やじきた」として親しまれる主人公の弥次郎兵衛と北八（喜多八）の名前を知っている方も多いのではないでしょうか。

『東海道中膝栗毛』は、享和二年（一八〇二）から文化六年（一八〇九）にかけて全八編が刊行されました。その後、文化七年から文政五年（一八二二）まで続編の『続膝栗毛』全十二編が出され、さらにその間（かん）の文化十一年には、弥次郎兵衛と北八が旅に出ることになったそもそもの事情が語られる「発端」も刊行されています。一九は天保二年（一八三一）に六十七歳で亡くなりました。[1]逆算すると、明和二年（一七六五）の生まれです。『東海道中膝栗毛』と『続膝栗毛』は三十代の終わりから五十代にかけての仕事ということになります。

では、それ以前の一九はどのような人生を送っていたのでしょうか。一九は駿河国、現在の静岡県に生まれました。姓は重田、名は貞一といいます。[2]父親は重田与八郎鞭助といい、駿府町奉行所の同心でした。[3]『続膝栗毛』五編の巻末には、「若冠の頃より或　侯館に仕へて東都にあり」（若い時にある大名の屋敷に仕え、江戸に住んでいた）とあります。石塚豊芥子『戯作者撰集』[4]の「十返舎一九」の項には「弱冠の頃東都に出、或侯館に仕へ」とあり、「或侯館」の下に注記のかたちで「一説に小田切侯江都尹にておはせし時その館にて注簿たりしといふ」とあります。また、一九が仕えていたのは小田切土佐守の江戸屋敷であるという説もあります。[5]

その後、一九は大坂へ出て、浄瑠璃の作者となりました。『戯作者撰集』には、「並木千柳、若竹笛躬と倶に木下蔭の繰戯曲を編述したるよし」（並木千柳、若竹笛躬とともに木下蔭という浄瑠璃を編述したという）とあります。「木下蔭の繰戯曲」とは、若竹笛躬・近松余七・並木千柳が合作した浄瑠璃「木下蔭狭間合戦」[6]のことです。この浄瑠璃は豊臣秀吉の一代記である『太閤記』にもとづいた内容で、織田信長は小田春永、木下藤吉郎（豊臣秀吉）は此下当吉という名前で登場します。寛政元年（一七八九）二月に大坂で初演され、その後、歌舞伎としても上演されました。

一九はのちに、『木下陰狭間合戦』という黄表紙を書いています。寛政十二年に岩戸屋から出版されたこの黄表紙には、山川堂主人が序文を寄せています。そこに「今はむかし十偏（ママ）舎うし。難波津に漂泊して。近松与（ママ）七といへる頃。若竹笛躬。並木千柳など。いふおなじ流れの人々と倶に。木下陰狭間合戦の浄瑠理（ママ）を作意して」[7]とあります。「十偏舎うし」の「うし」は「大人」で、ここでは「十返舎一九先生」のような意味です。この序文の記述から、「木下蔭狭間合戦」の合作者の近松余七（与七）が一九であることがわかります。

一九がこの浄瑠璃の執筆にどの程度関わったか、詳しいことはわかっていません。[8]また、一九が大坂にいた期間については、天明三年（一七八三）から寛政二年までとする説があります。[9]

## 画工としての一九

一九と江戸の戯作、そして蔦重との接点が確認できるのは寛政六年からですが、初めは作者ではなく、画工としてこの世界に足を踏み入れたようです。この年に蔦重が出版した山東京伝の滑稽本『初役金烏帽子魚』[10]の挿絵に「一九画」という署名があります。

林美一氏は、寛政六年から七年にかけて出版されたと推察される一九画の浮世絵を四点紹介しています。そのうちの三点は役者絵であり、一点は子供の相撲取り大童山文五郎を描いたものです[11]。

曲亭馬琴によれば、寛政六年の秋頃、一九は蔦重のもとに居候していました。馬琴の『近世物之本江戸作者部類』に「寛政六年の秋の比より、通油町なる本問屋蔦屋重三郎の食客になりて、錦絵に用る奉書紙にドウサをひくを務にしてをり」と記されています。「ドウサをひく」とは、墨や絵の具がにじむのを防ぐために、明礬と膠を混ぜた液を紙に塗ることをいいます。寛政六年といえば、蔦重の店では東洲斎写楽の役者絵を売り出していた頃でした。

翌寛政七年に、一九の自作・自画の黄表紙が蔦重から三作出版されています。『心学時計草』『新鋳小判[耳+嚢]』『奇妙頂礼胎錫杖』です。

『心学時計草』[12]は、吉原を舞台に、一人の遊女が十二人の客に二時間刻みで対応するという内容です。冒頭と、「子の刻」の場面をかいつまんで紹介しましょう。

---

〈あらすじ〉いつの時代のことか、吉原に柏手という遊女がいた。柏手は万事に行き届き、心学への志も深く、新造や禿を集めて、いろいろな書物について説き聞かせていた。この柏手には十二人の客があった。ある時、十二人が一度に柏手のもとにつめかけた。柏手は昼夜十二時（一昼夜）を頭割りにし、一時（現在の二時間）に一人ずつ、客の相手をすることにした。

子の刻（午前零時頃）に最初の客の所へ行った柏手は、「ちょっと手水に」と言って席をはずした。その時にわざと、その客の紋所のついた簪を落としていった。客はそれを遊女の手管と気づかず、自分の紋がついた簪を見て喜んだ。

---

「子の刻」の場面を描いた挿絵（図1）には、遊女の柏手の姿はありません。三つ

図1「子の刻」の場面。『心学時計草』東京都立中央図書館特別文庫室所蔵

ぶとん（敷きぶとんを三枚重ねたもの）の上に客があぐらをかき、ふとんの端に着物を着た簪が腰をかけています。少し離れたところに火鉢があり、その前には新造が座っています。擬人化された簪は、「わっちやアお前がいつそいいよ」（私はあなたが好き）とお世辞を言いつつ、客の口が臭いことなどをあてこする発言をしています。これは柏手の気持ちを簪に語らせたものとして読むことができます。

次に、「丑の刻」の場面を見てみましょう。

〈あらすじ〉別の客が別の部屋で柏手を待っているが、一向に来る気配がないので、ふとんの中で目を皿のようにしてきょろきょろしている。片方の目は廊下に出て、階下の様子をうかがっている。もう片方の目は部屋のなかから「これこれお仲間、上草履の音がするから、早くこっちへ来て寝たふりをしたほうがよい」と呼びかける。

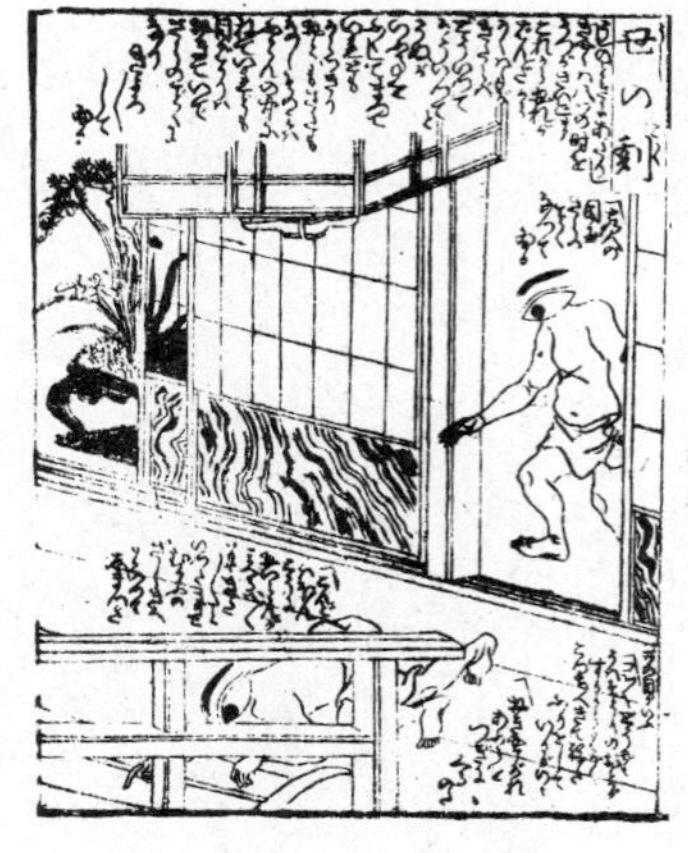


図2「丑の刻」の場面。『心学時計草』東京都立中央図書館特別文庫室所蔵

挿絵（図2）には擬人化された二つの目が描かれています。遊女が室内履き（上草履）をはいて歩く音を聞きつけた目は、そろそろ遊女が部屋に来るだろうと考え、もう片方の目に、早く部屋に戻るようにと言っています。これは、遊女が来るのをそわそわと待つ客の気分を戯画的に表したものとい

えるでしょう。

この作品のアイデアは、一九のオリジナルではないようです。馬琴の『近世物之本江戸作者部類』によれば、石川五老（石川雅望）が思いついて蔦重に話したのを、蔦重がそのまま一九に注文して書かせたといいます。時計を小道具にして遊廓の話を書く趣向は、既に山東京伝の洒落本『錦之裏』（寛政三年刊）にも見られるもので、遊女の手管を並べる構想も京伝の『傾城買四十八手』（寛政二年刊）に通じるところがあります[13]。作者としてスタートしたばかりの一九が、こうした先行作品を参考にした可能性は十分に考えられるでしょう。

「心学時計草」という書名についても、京伝の黄表紙『心学早染草』（寛政二年刊）をもじっているとの解釈があります[14]。馬琴は、「一九が『時計草』のごとき、吉原の事を綴りて心学と題せしは、当時心学のはやりたる故のみにあらず、禁忌を憚りて紛らかせし也」（『近世物之本江戸作者部類』）と記しています。心学は当時流行していた石門心学のことです。修身を説く道徳的な教えである「心学」を題名につけたのは好色本を禁じる当局を憚ったのだろう、と馬琴はみています。山東京伝の洒落本が好色本と見なされて絶版処分を受け、京伝と蔦重らが処罰されたのは寛政三年のことでした。一九が『心学時計草』を執筆したのは寛政六年頃と推察され、約三年前の筆禍事件はまだ記憶に新しかったものと思われます。

『心学時計草』の作中には、簪や目のほか、てるてる坊主や鼠、箒、艾、起請文なども擬人化されて登場します。こうした荒唐無稽な設定は、この作品の目指しているところが好色ではなく、たわいない笑いであることを印象づけるものとなっています。また、作品の巻末には「或人拾弐人之客に示して曰」とはじまる文章があり、「兎角色欲の虚に惑はずして。忠孝本然の道にもとづき。只子孫の長久繁栄を而已。心懸給へかしと」と結ばれています。このように教訓を前面に打ち出すことも、好色本と見なされまいとする工夫だったのかもしれません。

### 化物尽くしの黄表紙

寛政八年にも、蔦重から一九の自作・自画の黄表紙が三作出版されています。『化物小遣帳』『〈化物〉年中行状記』『怪談筆始』です。

『怪談筆始』(15)と『〈化物〉年中行状記』(16)には見越し入道などの化物が多数登場します。アダム・カバット氏はこの二作を化物尽くしの黄表紙に分類し、さらに、これらがいずれも「人間世界の見立て」の趣向で作られていることを指摘しています。[17]

『怪談筆始』の世界を覗いてみましょう。冒頭の場面では、坂田の金平（中世の武士・源頼光の家来の一人）が化物たちに「こののち決して人間に仇はいたすまじ」と証文を書かせ、見越し入道の家に逗留してもてなしを受けます。化物たちは金平を芝居見物に連れて行きます。芝居小屋では「仮名手本忠臣蔵」が上演されていますが、役者だけでなく、舞台上の道具もすべて化物という状態です（図3）。

芝居の次は遊廓へ遊びに行きます。吉原のような「くさはら」という廓で、「あやしの」という化物の遊女が金平の相手をします。人間の世界で器量よしとされる容貌は、化物の世界では不器量なものと見なされます。そのため、金平は、「目元なら口元なら、どこに一つも言い分のない不景気な男」ということになってしまいます。人間の世界なら、「どこに一つも言い分のない」（どこにも文句のつけようがない）のであれば「良い男」となるはずです。化物の世界は人間の世界に似てはいますが、価値観が逆転しています。それが何とも可笑しく感じられます。

同じ寛政八年には、村田屋・岩戸屋・榎本屋・和泉屋・西宮といった版元からも一九の黄表紙が出版されています。[18] また、この年以降も一九は化物の登場する黄表

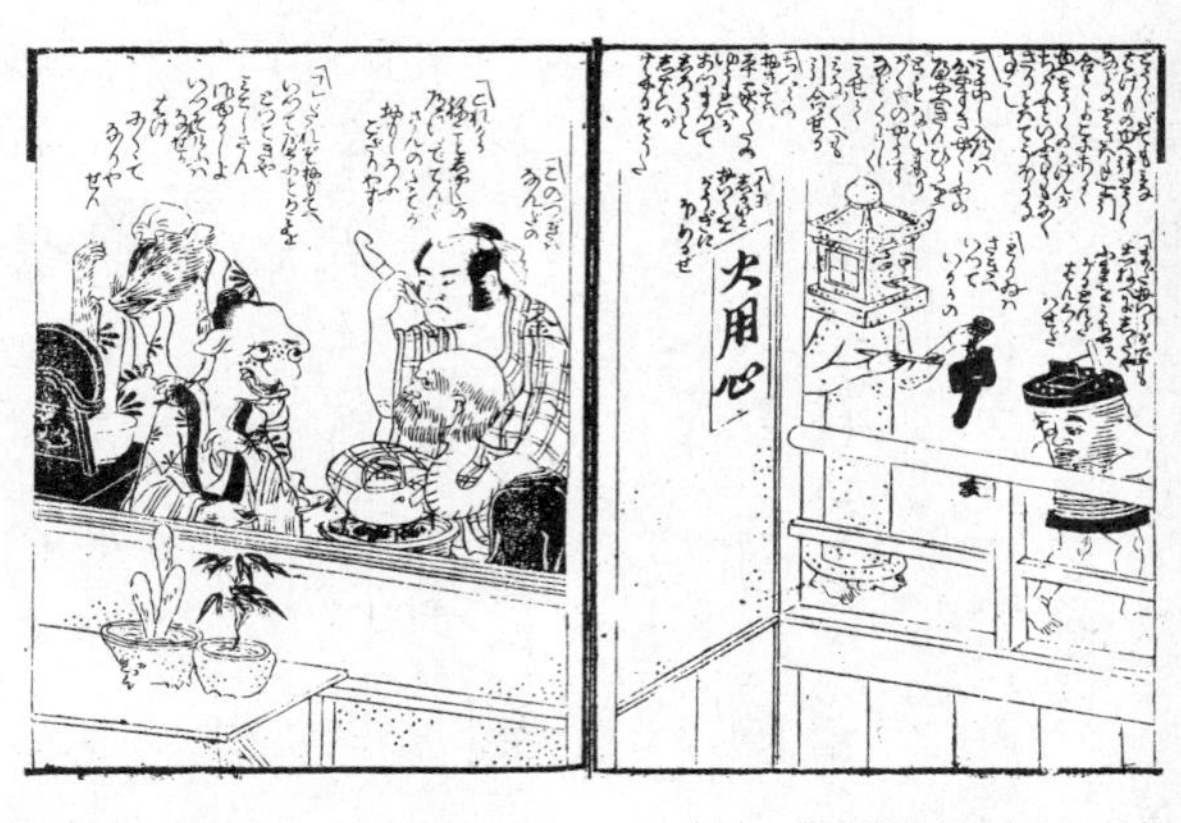


図3　小道具も化け物が担当している（右）。『怪談筆始』国立国会図書館所蔵

紙をいくつも書いており、複数の版元からそれらが出版されています。

アダム・カバット氏は、一九の自作・自画の黄表紙に描かれた化物の絵について、「一九の化物には迫力が足りないけれど、迫力が足りないからこそ、軟弱で可愛らしい化物像に成功したともいえる」と述べています[19]。一九は、本来は怖いものであるはずの化物を、怖さを脱色して描いています。人間を脅かすことのない化物像は一般的な化物のイメージとの落差（ギャップ）が大きく、それも一九の化物黄表紙がおもしろく感じられる理由のひとつです。

江戸時代の後半は、妖怪や怪談が娯

楽として楽しまれる時代でした。[20]「可愛らしい化物」の物語を書き続けた一九は、そうした妖怪文化の一翼を担う作者だったといえるでしょう。

### 『化物太平記』と筆禍

文化元年（一八〇四）に山口屋から出版された一九の自作・自画の黄表紙『化物太平記』[21]は、『太閤記』に取材した内容を、人間ではなく化物の物語として表現したものです。作中では、織田信長がなめくじとして、木下藤吉郎が蛇として登場します。

一九はそれまでに化物尽くしの黄表紙をいくつも書いており、また、四年前の寛政十二年（一八〇〇）には『太閤記』に取材した黄表紙『木下陰狭間合戦』を発表していました。自分自身にとってなじみのある題材を、なじみのある表現方法で作品化したといってもよいでしょう。

しかし、この作品は出版後に町奉行から咎められることとなりました。『化物太平記』の直接の典拠は、この当時流行していた読本『絵本太閤記』でした。『絵本太閤記』は、江戸では寛政九年から享和二年（一八〇二）にかけて出版され、それをきっかけに『太閤記』ブームが起こりましたが、文化元年五月に絶版を命じられています。この時、『太閤記』を題材とする一枚絵（浮世絵）や草双紙を出版していた山口屋も過料を命じられ、絵と版木を没収されました。

山口屋に関する判決文を見ると、[22]処分の対象となった草双紙は「異形之ものに右時代之紋所等附候草双紙」でした。『化物太平記』には「異形之もの」（化物）が登場していますし、織田家と豊臣家の家紋に見える紋の描かれた挿絵もあります。これらの点から、問題視された草双紙が『化物太平記』であることはまちがいないと考えられます。馬琴の『近世物之本江戸作者部類』によれば、この作品を作ったことで一九も咎められ、手鎖（てじょう）五十日に処せられました。[23]

## 戯作の職人として

一九は寛政七年から天保二年（一八三一）に亡くなるまでの間、途切れることなく作品を発表しています（没後に刊行された作品もあります）。戯作に限ってみても、黄表紙、洒落本、滑稽本、読本、噺（はなし）本、合巻、人情本と幅広いジャンルを手がけています。このほかに往来物などの実用書の著作もあります。

図4　蕎麦を食べる一九。『的中地本問屋』国立国会図書館所蔵

一九が挿絵を描く仕事もしていたことは、既に紹介しました。作者であり絵師でもあったわけですが、それだけではなく、筆耕（原稿の清書をする仕事）もしていたといいます。馬琴は『近世物之本江戸作者部類』に「浮薄の浮世人にて、文人墨客のごとくならざれば、書賈等に愛せられて、暇ある折、他の臭草紙の筆工さへして旦暮に給し、その半生を戯作にて送りしは、この人の外に多からず」と記しています。錦絵に使う紙にドウサを引く仕事をしていたという記事と合わせて考えると、戯作にかかわる職人としての一九の姿が見えてきます。

享和二年に村田屋から出版された一九の黄表紙『的中地本問屋』(24)は、地本問屋での本づくりの工程をえがいた作品です。版元が作者（一九）に執筆を依頼するところから始まり、板木師による版木の制作、摺師による印刷（ばれんを使って紙に摺る作業）、丁合（摺られた紙を順序通りに揃える作業）、紙を折る作業、裁断する作業、表紙をつけて綴じる作業が順次描かれ、完成した本を売り出す様子も表現されています。表紙を作る作業をはかどらせるために版元の主人が作業場で太鼓を叩いて囃すという、やや非現実的な描写もみられますが、どのような職人がどのような仕事をしていたかが具体的にわかり、興味深い作品です。それと同時に、一九が草双紙の制作工程を実によく知っていることがうかがえます。あるいは、蔦重に居候していた頃の見聞も活かされているのかもしれません。

『的中地本問屋』の最後の紙面には、正月の注連飾りが飾られた室内で一九が蕎麦を食べている様子が描かれています（図4）。その紙面には、次のような文章があります。

〈原文〉草双紙の売り出しには蕎麦を買つて祝ふこと、いづれの板元にてもきはまりたる吉例也。一九、売り出しに村田屋へよばれて蕎麦の馳走にあづかる。いたつての好物、いくらでも食ひ次第、今年から身代もこの蕎麦のとおりにの

――びる瑞相、まずはめでたく市が栄えた。――

正月のめでたさと、新作を世に送り出した喜びとが重なり合った、ほのぼのとした気分が感じられる挿絵です。この黄表紙が出版された享和二年は、一九の代表作『東海道中膝栗毛』の初編が同じく村田屋から出版された年でもありました。

# 浮世絵師

北尾重政
葛飾北斎（勝川春朗）
喜多川歌麿

# 北尾重政(きたおしげまさ)

一七三九年～一八二〇年。浮世絵師。
主な作品に『一目千本(ひとめせんぼん)』『絵本吾妻抉(えほんあずまからげ)』など。

## 錦絵の名手

北尾重政は、北尾政演こと山東京伝の師匠にあたる浮世絵師です。大田南畝は『浮世絵考証』に次のように記しています。

北尾重政　紅翠斎、花藍、俗称左助、根岸に住す〔中略〕
重政は近来錦絵の名手なり。男女風俗、武者絵、また刻板の文字をよくかけり。

重政は本名を左助といい、紅翠斎や花藍と号し、住まいは根岸で、錦絵（多色摺（ず）りの浮世絵）の名手にして版下（版木をつくるための清書原稿）を書くのもうまかった、とあります。

曲亭馬琴の「著作堂雑記抄[1]」の記事も読んでみましょう。本文中の注記は（　）に括（くく）って引用します。

〈現代語訳〉画工の北尾重政（紅翠斎、また花藍と号す）は数十年にわたって根岸の百姓の惣兵衛の土地に住んでいた。文政三年の一月二十四日に没した。年は八十二歳だっただろう。十六歳の頃から江戸暦の板下を書くこと六十年あまりに及び、その間、享和年間に二年間の中断があったが、その他は、今の江戸暦に至るまで、すべて重政が筆耕をしたものだった。高齢であるのに細かい字をよく書き、人々は皆、これを珍しいことだとした。

〈原文〉画工北尾重政（紅翠斎又号二花藍一）、数十年来住二於根岸百姓惣兵衛地内一、文政三年庚辰春正月廿四日没、年八十二歳成べし、嘗云年十六歳の頃より江戸暦の板下を書こと六十余年、其間享和中二ケ年間断す、其他今の江戸暦に至る

――まで皆重政の筆耕也、其極老にして細字を能せしを、人皆一奇とす――

文政三年（一八二〇）に八十二歳で没したとあり、逆算すると元文四年（一七三九）生まれとなります。朱楽菅江（元文三年生まれ）と一つ違いです。

重政が住んでいた根岸は、現在の東京都台東区根岸のあたりで、江戸時代は自然豊かな場所でした。時代は少し下りますが、天保期に出版された地誌『江戸名所図会』巻之六[2]には「呉竹の根岸の里は、上野の山蔭にして幽趣あるがゆゑにや、都下の遊人多くはここに隠棲す」とあり、閑静な地域だったことがうかがわれます。

## 『絵本三家栄種』――芝居小屋の内と外

十六歳から筆耕の仕事をしていたという重政が、絵の仕事を始めたのはいつからでしょうか。明和二年（一七六五）に出版された小謡本『栄花小謡千年緑（えいがこうたいちとせのみどり）』（須原屋茂兵衛版）[3]の挿絵に、「北尾重政写」の署名があり、少なくともこの頃には画工として「北尾重政」と名乗っていたことがわかります。また、この年には重政の描いた役者絵が出版されていることも指摘されています[4]。

図1　笠で顔を隠しながら楽屋入りする役者。後人による手彩色がある。『絵本三家栄種』国立国会図書館所蔵

その六年後の明和八年に出版された『絵本三家栄種』（中村小兵衛・中村忠治版）[5]は、江戸の芝居小屋とその周辺を描いた絵本です。絵看板のかかる中村座の外観や、花道や桟敷などがある市村座の内部を描いた絵もあれば、森田座の桟敷席で飲食する人々に焦点をあてた絵もあります。花道を通路代わりに歩く客や劇場関係者、舞台袖の役者、笠で顔を隠しながら楽屋入りをする役者（図1）、楽屋で化粧や着替えをする役者なども描かれており、芝居町のにぎわいが生き生きと表現されています。

## 『絵本世都の時』――句に絵を添える

ところで、重政は花藍の号で俳諧をたしなみ、俳諧師・一陽井素外の門人でした。素外は絵入りの俳書を多く編んでおり、そのなかには重政が挿絵を担当しているものもあります。その一つが『絵本世都の時』（安永四年〈一七七五〉刊、須原屋市兵衛版）(6)です。

この書に素外が記した序文に「凡句中に画あるものあり、画中に句あるもの有。其句中に画ある物に、門生花藍が四時の図を儲て、とりあへず世都の登起と題す」という一節があります。「門生花藍」は重政のことです。「句中に画あるものあり」とは、句のことばから具体的な景色（絵）が浮かんでくるような句のことを言っているのでしょう。そのような句に「門生花藍が四時の図を儲て」、つまり重政による四季の絵を添えたものがこの『絵本世都の時』であるといいます。

秋の季語である「花野」を詠んだ発句とそれに添えられた挿絵を見てみましょう。まず発句を引用します。

むさし野や曇らで草の花ざかり　斗来

〈句意〉武蔵野は晴れて、草の花が盛んに咲いている。

日のいろもぬれてうつくし花野原　貞川

〈句意〉露に濡(ぬ)れた花野を太陽が照らしている、その美しさよ。

さまざまな草が花を咲かせている秋の武蔵野の風景を詠んだ句です。挿絵には、薄(すすき)、萩、菊などが繁る野原に数名の男女が集まっている様子が描かれています（図2、改題本『絵本許の色』より）。萩を切ろうとしている男、盃(さかずき)を女に手渡そうとしている男、桔梗(ききょう)らしき花を手にした女もいます。人々の楽しげな姿と細やかに描写された草花の様子から、秋の野の華やかさが感じられます。

なお、この『絵本世都の時』の版木は、のちに蔦重によって買い取られ、寛政七年に題を『絵本許の色』と改めた本が出版されました。(7)

## 『一目千本』――花を遊女に見立てる

重政と蔦重との付き合いは古く、蔦重の最初期の出版物である『一目(ひとめ)千本(せんぼん)』（安

図2　花野の図。『絵本許の色』東京大学総合図書館所蔵

永三年刊[8]）の挿絵は重政の手になるものです。この本は二冊からなり、序文には「華すまひ序」、二冊目のはじめには「華すまひ中入」とあります。「すまひ」は相撲（すもう）です。

序文には、遊女の相撲を見たいという大尽客（だいじん）の求めに応じ、里雀（りじゃく）なる者が四季の花を遊女になぞらえて相撲を始める、とあります。序文の間にある口絵には土俵と数種類の草花を入れた桶（おけ）の絵が描かれています。序文の次の紙面には花器に生けた桜と軍配団扇（うちわ）を描いた絵があり、「おもひきやさくらを花の司とは」という句と「松葉屋　はつ風」という遊女の名前が書かれています。

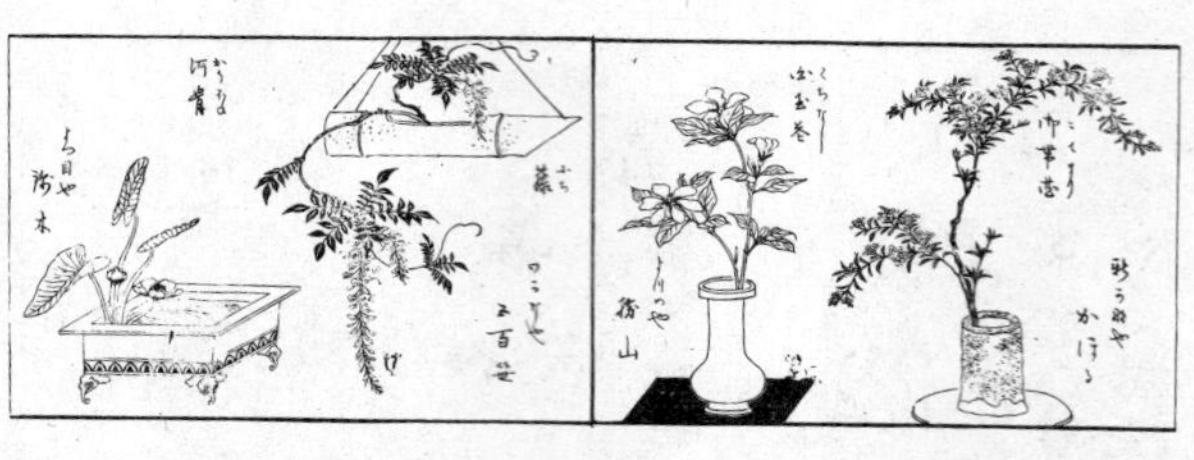


図3　こでまり・新かなやかほる、くちなし・よつめや勝山、藤・わかなや五百笹、河骨・よつ目や錦木。『一目千本』佐賀大学附属図書館所蔵

その次の紙面からは、半丁（一ページ）あたり二つずつ、多種多様な生け花の絵が描かれています。個々の花には「藤　わかなや五百笹」「河骨　よつ目や錦木」のように、花の名前と遊女の名前が書かれています（図3）。花を遊女になぞらえ、その生け花を二つ一組にして、相撲の取組に見立てているのです。

鈴木俊幸氏は、この本について「要は北尾重政の筆による垢抜けした挿花の図を、名妓の姿を追懐、もしくは想像するよすがとし、全体の瀟洒な趣から吉原の高雅らしき雰囲気を感じ取ってくれればよいとでもいった類の本である(9)」と評しています。蔦重はのちにこれを『手毎の清水』と改題し、華道の本に作り直していますが(10)、そうした作り直しができたのも、一つ一つの花の描写が写実的で美しく、生け花の本としても鑑賞にたえるものになっていたからでしょう。

日本美術研究者の日野原健司氏によれば、『一目千本』に描かれた花の中には、橘保国『絵本野山草』（宝暦五年〈一七五五〉刊）に描かれている花の図に基づくものが含まれているとのことです。また、重政が一陽井素外（いちようせいそがい）編の俳書『誹諧名知折（はいかいなのしおり）』（安永十年刊、江戸・須原屋市兵衛、大坂・和泉屋善兵衛版）に描いたさまざまな植物にも、同じく『絵本野山草』の植物図をもとにしたものが多く見られるといいます。[11] 重政が植物の描き方を先行の絵本から学んでいたことがわかります。

ちなみに『誹諧名知折』[12]には花藍（重政）の句も掲載されています。「だもの実」を詠んだ句を見てみましょう。

だもの実　だもの実のこぼれて黒し雨の朝　花藍

「だも」はクスノキ科の常緑樹である「たぶ」（たぶのき）のことでしょう。たぶの実は丸く、熟すと黒っぽくなります。雨の朝、だもの実が落ちていて、雨に濡れていっそう黒々として見える。対象を写生的に詠んでいるところに、絵師としての観察眼がうかがわれます。

図4　投扇興で遊ぶ遊女。『青楼美人合姿鏡』東京国立博物館所蔵　出典：ColBase（https://colbase.nich.go.jp/）

## 遊女を描く

次に、蔦重が出版した遊女図集で、重政が関わった作品を紹介しましょう。安永五年刊行の『青楼美人合姿鏡』（蔦重・山崎金兵衛版）[13]は、重政と勝川春章による遊女図を収めた多色摺の絵本です。室内あるいは屋外でくつろいだり、さまざまな遊びに興じたりしている遊女たちの姿が描かれています（図4）。

遊女は一人ひとりに名前が書かれており、妓楼の名も明記されています。また、全三巻のうちの下巻には遊女たちの発句が掲載されています。

遊女図にとりあげられている遊女は当時の新吉原に実在した遊女ですが、全ての妓楼の遊女が紹介されているわけではないことから、掲載されている遊女や妓楼などが出版の経費をある程度出資したものかと推測されています[14]。

## 江戸の賑わいを伝える絵本

重政は、蔦重版の狂歌絵本にも筆をとっています。その一つ、『絵本吾妻抉（あずまからげ）』[15]（天明六年〈一七八六〉刊）は、唐衣橘洲の序文に「書林から丸乞て（こふ）江都（えど）の名だたる所々をかき写さしめ、時めく諸家の狂哥（きやうか）をこひうけ、桜木に寿し、号て（なづけ）吾妻からげとよぶ」とあり、から丸（蔦唐丸）こと蔦重が、江戸の名所を描いた絵と狂歌を取り合わせる趣向で企画したものだといいます。題材は、飛鳥山で花見をする人々、新吉原の妓楼の室内から外を眺める遊女、初鰹を買う人、紅葉の名所の正燈寺などさまざまで、人々が表情豊かに描かれているのも印象的です。

なお、蔦重が出版した本ではありませんが、山東京伝が文章を記し、重政が絵を担当した絵本『四季交加（しきのゆきかい）』（寛政十年〈一七九八〉刊、鶴屋版）も、江戸の人々の生態をいきいきと伝える名作です。京伝は、江戸の目抜き通りを行きかう人々の様子を春夏秋冬の四部に分けてつづり、「東都の繁昌。四時の賑ひ。いかんぞつたなき筆に書つくすべけんや」と結んでいます。重政による絵は正月から十二月まで月ごとに分かれており、正月の図には三河万歳の芸人や羽根つきをして遊ぶ娘たちが、七月の図には盆灯籠を売る行商人が描かれているなど、江戸の町の賑わいとともに、四季の移りゆきを感じさせる絵になっています。

ちなみに、この年の鶴屋の広告（京伝『百化帖準擬本草』巻末広告）には、「絵本四季交加」（『四季交加』のこと）が「辺鄙の人といふとも、此冊子をひらけば東都の繁昌、ちまたの賑ふさまを目前に見るがごとし。遠国の土産、児女を慰るによき冊子なり」（田舎住まいの人でも、この本を開けば江戸の繁栄や町なかの賑わう様子をまのあたりに見るような感じがするだろう。遠い国への土産や、子供・女性の娯楽に適した本である）と宣伝されています。絵本が〈江戸〉のイメージを伝える媒体としての性格も持っていたことがわかります。

## 京伝の読本と重政

重政は錦絵も残していますが、その仕事の中心は版本の挿絵にありました。絵本だけでなく、黄表紙や読本などの挿絵も描いています。

最後に、重政が挿絵を担当した京伝の読本『通俗大聖伝』（寛政二年刊、三崎屋版）を紹介しましょう。この本は孔子の一生を綴った読み物です。見返し（表紙の裏側）に記載された題名は「大聖画伝」で、絵入りの伝記であることを打ち出した題になっています。実際に、この本には二十三図もの絵があります。

京伝の自序には、いま歴史書によって大聖人の孔子の伝記を述べ、北尾某の絵を添えて、田舎の子供に授ける、とあります。子供を含む読者層を念頭に作られた本であることがわかります。絵を多くしたのも、読者層を意識してのことでしょう。見返しの「大聖画伝」の右側には大きく「北尾紅翠斎図」とあり、挿絵が重政の画であることが明示されています。

この数年後に刊行された京伝の『忠臣水滸伝』（前編寛政十一年刊、後編享和元年刊、蔦重・鶴屋版）は、「山東京伝」の章でもふれましたが、読本作者としての京伝の人気が高まるきっかけとなった作品でした。その挿絵には絵師の署名がありませんが、曲亭馬琴の『近世物之本江戸作者部類』によれば重政の画であるとのことです。

読本をはじめ、江戸の小説には挿絵が欠かせません。黄表紙にも、絵師の署名のない作品で、重政の画かと推測されているものが多数あります。重政は、江戸の娯楽小説の繁栄を支えた絵師の一人として見過ごすことのできない存在と言えるでしょう。

# 葛飾北斎（勝川春朗）

一七六〇年〜一八四九年。浮世絵師。
主な作品に「富嶽三十六景」、『北斎漫画』など。

## 北斎の住まい

葛飾北斎は、宝暦十年（一七六〇）に江戸の本所割下水に生まれました。勝川春朗、宗理、戴斗、為一、画狂老人卍など、多くの号を名乗ったことで知られています。また、転居癖があったとされ、一生のあいだに九十三回も転居を重ねたと伝えられています。飯島虚心『葛飾北斎伝』（明治二十六年〈一八九三〉刊）[1]から引用しましょう。

〈原文〉性転居の癖あり。『広益諸家人名録』に、住所不定とす。生涯の転居、九十三回。甚しきは一日三所に転ぜしことありとぞ。今其の手簡および記録に載せたる住所をあぐれば、本所割下水、同横網、同林町三丁目、同荒井町、同原庭、同達摩横町、小伝馬町、佐久間町四丁目代地、浅草馬道、同聖天町、同藪の明王院地内、本郷丸山鎧坂下、小石川伝通院前、相州浦賀、尾州名古屋、鍛治屋町、信州高井郡、小布施村等なり。

天保七年（一八三六）秋の人名録『広益諸家人名録』[2]には「北斎（画）　一名　戴斗字雷震　号為一画狂人　葛飾北斎（居所不定）」とあり、たしかに「居所不定」と記されています。この年、北斎は数え年で七十七歳です。それより二十年ほど前の人名録『江戸方角分』（文化十二年～文政元年〈一八一五～一八一八〉頃成）[3]では、「本所」の部に「戴斗　先北斎　号錦貸舎　中嶋鉄蔵（石原片町）」とあり、当時は石原片町（現在の東京都墨田区石原のあたり）に住んでいたことがわかります。

北斎の門人・露木為一画の「北斎仮宅之図」（図1）は、本所亀沢町の榛木（はんのき）馬場（現在の東京都墨田区両国四丁目、榛（はんのき）稲荷のあたり）に北斎が住んでいた頃の様子を描いたものです。

北斎はこたつにかぶせた夜着を背中にかけた状態で絵筆をとり、床に置いた紙に向かっています。娘の阿栄が傍らでそれを見ています。余白に記された説明文によると、北斎は九月から四月上旬まで炬燵を手放さず、昼夜このような様子で、炭を使うと逆上する（のぼせる）ため炭団を用いており、そのために虱がわいている、とあります。

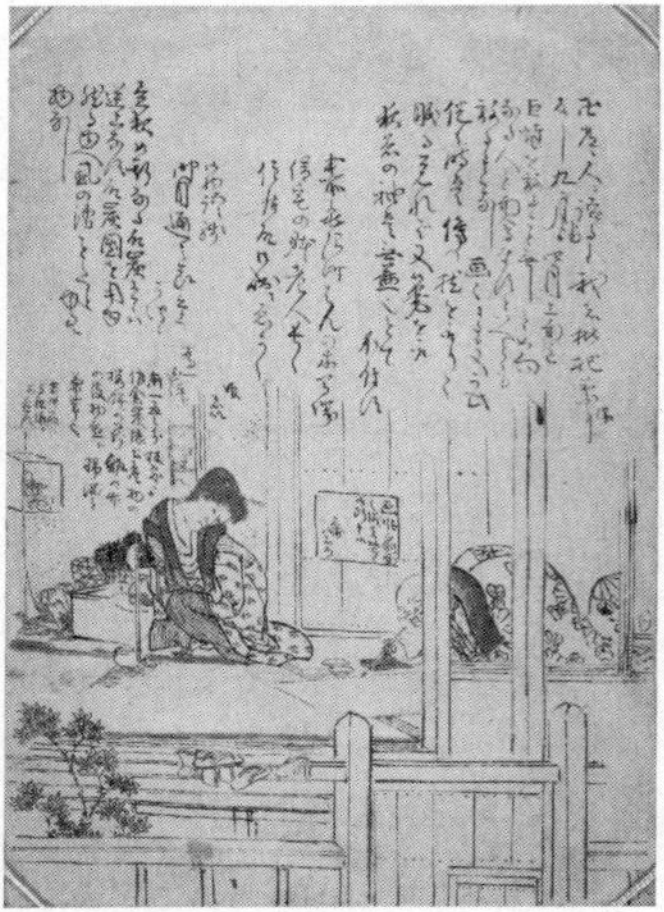

図1「北斎仮宅之図」国立国会図書館所蔵

同居の娘、阿栄については、飯島虚心『葛飾北斎伝』に「応為と号し、父の業を助く。最美人画に長じ、筆意或は父に優れる所あり」とあります。応為という号の由来については「一説に、応為は、訓みて、オーヰ、即呼ぶ声なり。阿栄父と同居、故にオーヰ、オー

図2「北斎アトリエ」再現模型。すみだ北斎美術館、撮影：尾鷲陽介

ヰ親父ドノといへる、大津絵節より取りたるならん」とあり、父の北斎を呼ぶ時の「おーい」によるとの説が紹介されています。

すみだ北斎美術館の常設展示室には、この「北斎仮宅之図」に基づいて作られた「北斎アトリエ」の再現模型が展示されています（図2）。室内の北斎と阿栄はまるで生きているかのようです。

**勝川春朗として**

ここで時計の針を巻き戻し、若き日の北斎に目を向けてみましょう。

渓斎英泉『無名翁随筆』（天保四年成[4]）によれば、北斎は勝川春章に入門して勝

図3　おたよと十蔵。『富賀川拝見』国立国会図書館所蔵

川春朗と号し、のちに故あって破門されたといいます。春朗の署名が確認できる初期の作品として、歌舞伎役者の四代目岩井半四郎を描いた「かしく　岩井半四郎」（安永八年〈一七七九〉刊[5]）や、安永八年七月に江戸の肥前座で上演された人形浄瑠璃『驪山比翼塚』[6]を草双紙化した黄表紙『驪比翼塚』（作者未詳、西村屋与八版、安永九年刊[7]）の挿絵が知られています。

天明期の春朗画の挿絵を、二つほど紹介しましょう。一つは天明二年（一七八二）刊行の洒落本『富賀川拝見』（蓬莱山人帰橋作、版元未詳[8]）の「山本屋の段」の挿絵（図3）です。挿絵に描かれている場面にいたるまでのあらすじは次のようなものです。

〈あらすじ〉深川の岡場所。遊女のおたよが客の十蔵のいる座敷に来る。十蔵は、客の伊之と会っていたのだろうとおたよをなじる。金が必要なおたよは、親の病気で十両の金が要るので年季奉公の期間を一年増やすつもりだと言う。十蔵は、おたよが伊之と縁を切るなら十両を出してやると言う。おたよは口約束だけでは納得してもらえまいと、左腕に彫ってある伊之の名を十蔵の前で消すことにする。艾がないので鼻紙を揉んで代わりにし、腕にすえて、熱いのをがまんして焼き消してしまう。

挿絵に描かれているおたよは行灯の前で左腕を出し、入れ墨を焼いています。十蔵は出格子に腰を掛け、楊枝を使いながらそれを眺めています。この絵には、遊里の客と遊女という対等ではない人間関係が映し出されています。この後、おたよは十蔵に「今まではもしやとゑんりよしたが、とても事に右の手も見せてくれろ」と言われ、はっとしますが、今さら嫌とも言えず、「右の手も今けしやす」と、右腕の彫り物をも焼き消します。

もう一つは天明六年刊行の黄表紙『蛇腹紋原之仲町（じゃばらもんはらのなかちょう）』（白雪紅作、榎本屋吉兵衛版）[9]です。あらすじは次のようなものです。

〈あらすじ〉飛脚の治郎兵衛は、木曽の山中で大蛇にのみこまれる。大蛇の腹の中には大勢の人々がいて、町のようなものができている。医者のやまいようせんが薬の入った印籠を落とし、さらに薬箱をひっくり返したために、大蛇は嘔吐（おうと）する。腹のなかにいた大勢の人々は、大蛇が飲み込んできた金銀財宝とともに外に吐き出される。人々は財宝を分かち合って故郷に帰った。

物語のクライマックス、大蛇が人々を吐き出す場面の挿絵（図4）を見てみましょう。山に体を巻き付けた大蛇は、大きな口を開けて嘔吐しています。その次の挿絵（図5）には、大蛇の口から吐き出された人々が一直線に飛ばされてゆく様子が描かれています。大蛇が飲み込んでいた小判、千両箱、縄でくくられた荷物などの描写も細かく、また、画面の左手には下界の家々の屋根が小さく描かれています。

図4　苦しむ大蛇。『蛇腹紋原之仲町』東京都立中央図書館特別文庫室所蔵

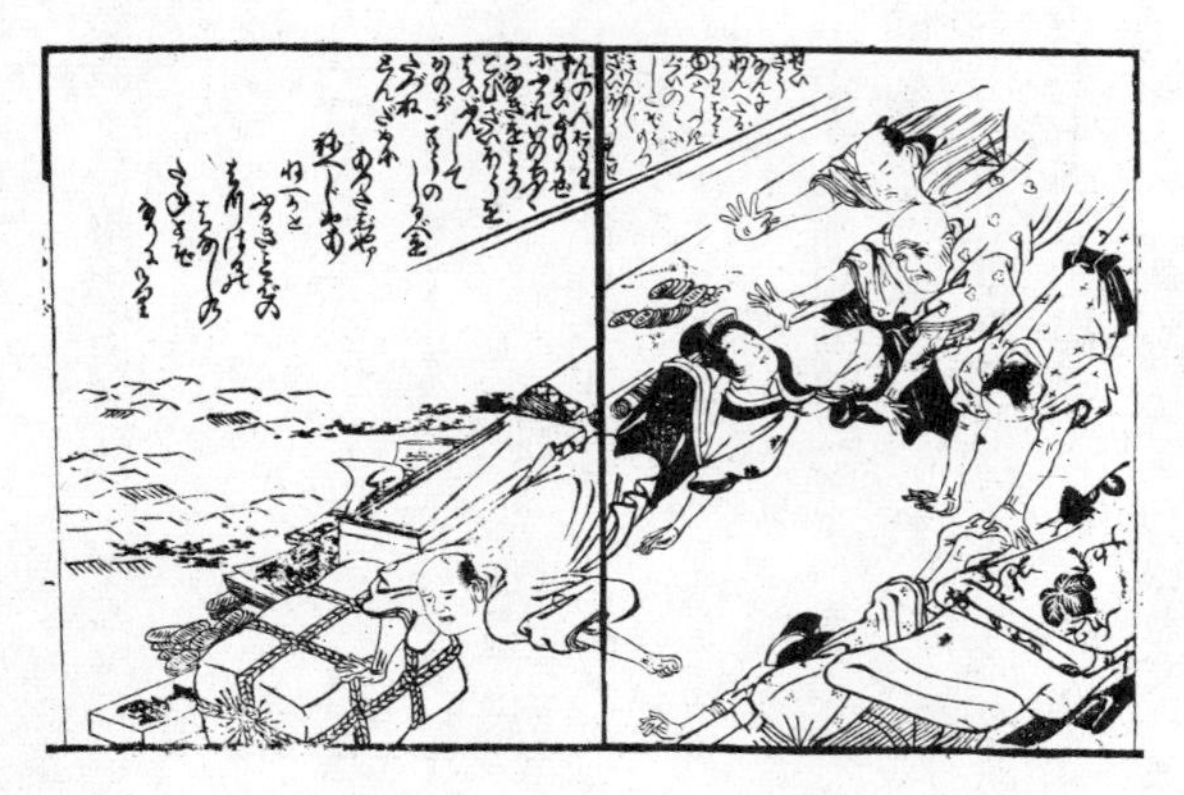

図5　大蛇から吐き出された人々。『蛇腹紋原之仲町』東京都立中央図書館特別文庫室所蔵

構図が巧みで勢いの感じられる挿絵です。

## 京伝作・春朗画の黄表紙

北斎が蔦重の出版物に関わり始めたのは寛政期からのようです。寛政二、三年（一七九〇、九一）に蔦重が出版した富本節正本の表紙に春朗画の絵が確認できます。[10]寛政四年には山東京伝作の黄表紙『桃太郎発端話説』と『実語教幼稚講釈』に挿絵を描いています。

『桃太郎発端話説』は昔話の「舌切り雀」の話に「実方雀」の説話を取り入れ、「桃太郎」の前日談のかたちに翻案した内容です。正直爺と慳貪婆（慳貪は貪欲の意）が雀から葛籠をもらうくだりを抜粋して紹介しましょう。

〈あらすじ〉正直者の爺と婆は雀をかわいがっていたが、隣人の慳貪婆が雀の舌を切ってしまう。雀は蛤に変じて親元に戻る。正直者の爺は雀を探して隠れ里にいたり、雀たちに馳走され、宝物の入った葛籠をもらってくる。慳貪婆は羨ましく思い、自分も雀の宿へ出かけて葛籠をもらう。その葛籠から異形の鬼

図6　雀踊りを踊る雀。『桃太郎発端話説』早稲田大学図書館所蔵

たちが現れ、慳貪婆を鬼が島に連れて行く。鬼の仲間入りをした慳貪婆は、鬼たちとともに正直者の爺の家にしのび入り、宝物や金銀を盗み取る。鬼たちは逃げ去るが、慳貪婆は正直者の爺の飼い犬にかみ殺される。

雀が蛤に変じるのは、物がよく変化することをいう「雀海中に入って蛤となる」をふまえた洒落です。挿絵で楽しいのは正直爺が雀の宿でもてなされる場面です。二羽の雀が「雀踊り」を踊っている様子が描かれています（図6）。雀踊りは編み笠をかぶり、尻端折りをした奴姿で踊る舞踊です。少し後の年代の作品ですが、北斎自身も『北斎漫画』三編（文化十二年刊）[11]に雀踊りの図を描いています。『桃太郎発端話説』では「雀ども、御馳走に、お家(いえ)の踊りを始める」とあり、雀踊りが雀のお家芸とされているところにおもしろさがあります。

慳貪婆の葛籠から鬼たちが出てくる場面も見どころです（図7）。異形の鬼たちはそれぞれに特徴をもたせた造形で、ユーモラスな表情をしています。

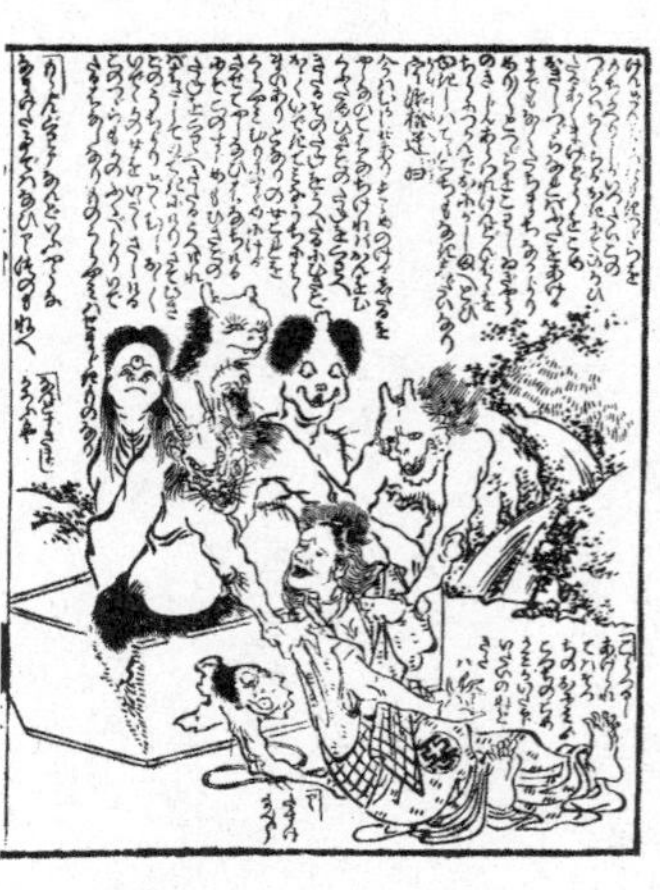
図7　葛籠から鬼が現れる。『桃太郎発端話説』早稲田大学図書館所蔵

この黄表紙を執筆する前、京伝は洒落本を執筆した咎で五十日の手鎖(てじょう)に処せられる経験をしていました。昔話をもとにした子供向けと言ってもよい作品を創作したのは、公儀に咎(とが)められるような要素を徹底的に避ける意図があってのことと推察されます。

## 北斎と馬琴

北斎は、みずからも時太郎可候という戯号で黄表紙を執筆しています（時太郎は北斎の幼名です）。その一つ、『竈将軍　勘略之巻』（時太郎可候作・画）[12]は寛政十二年に蔦重（二代目）から出版されたもので、巻末に北斎自身が顔を出しています（図8）。絵の余白には、次のような挨拶文が書かれています。

〈現代語訳〉口上

つたない戯作を作りましたので、差し上げます。これで間に合うようでしたらどうかごらんいただき、出版してください。初めてのことですので、悪いところは曲亭馬琴先生に直していただくよう、よろしくお願いいたします。また、今年の評判が少しでもよろしいようでしたら、来春から精を出して作り、ごらんに入れたく思います。右、申し上げたく。意を尽くしませんが。

十月十日

蔦屋重三郎様

〈原文〉舌代

不調法なる戯作仕差上申候。是に而御間に合候はは何卒御覧の上、御出板可被下候。初而之儀に御座候得はあしき所は曲亭馬琴先生へ御直し被下候様、此段よろしく奉願候。又々当年評判すこしもよろしく御座候へば、来春より出精仕、御覧入れ可申候。右申上度、早々不具

十月十日

蔦屋重三郎様　参らせ候

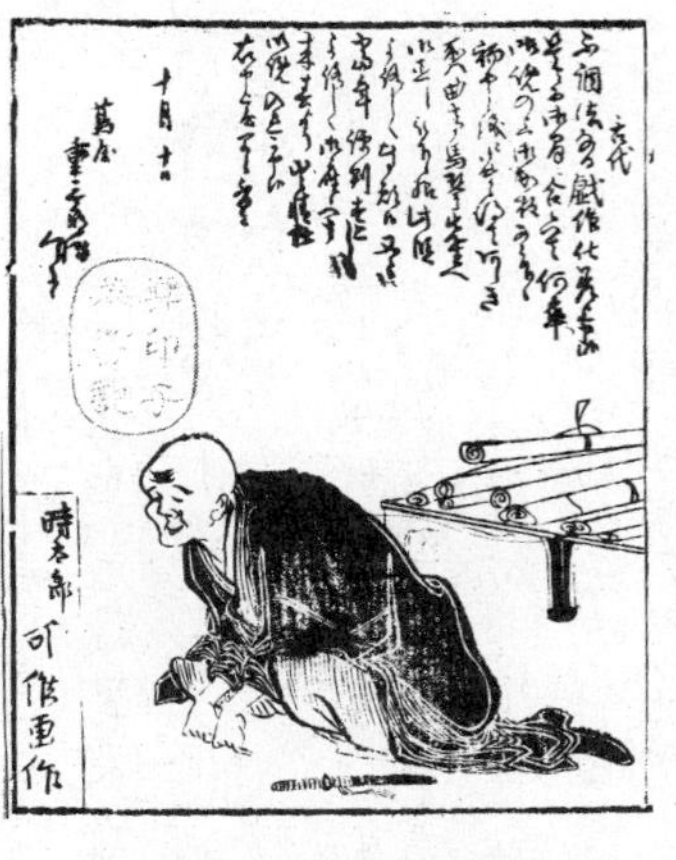

図8　挨拶する北斎。『竈将軍勘略之巻』
東京都立中央図書館特別文庫室所蔵

興味深いのは、北斎が馬琴に添削をしてもらいたいと頼んでいることです。馬琴は寛政四年に蔦重の店に奉公し、その後、自作の中本型読本『高尾(たかお)船字文(せんじもん)』やいくつかの黄表紙が蔦重から出版されていました（「曲亭馬琴」の章をご参照ください）。北斎がこの作品を

執筆していた寛政十一年頃には、それなりの経験を積んだ作者に成長していたと考えられます。もちろん、このようなメッセージを記す北斎の行為そのものが戯作的なのですが、北斎と馬琴の二人がこの時には既に知り合いであったと推察される、貴重な資料です。

馬琴と北斎はのちに読本の作者と絵師という関係になって、名作を次々と世に送り出しました。例えば源為朝（みなもとのためとも）を主人公とした読本『椿説弓張月（ちんせつゆみはりづき）』（文化四年〜八年刊、平林庄五郎・西村源六版）[13]は馬琴の長編読本の第一作で、北斎の迫力のある挿絵が見どころです。前編巻之一の口絵は為朝の弓を二人の島人が引こうとしている図で、絵を囲む匡郭（きょうかく）（枠線）からはみ出す形で大きく弓が描かれ、島人は筋骨隆々で力強さを感じさせます。のちに北斎はこの絵と似た構図の肉筆画「為朝図」[14]を描いており、馬琴が賛を記しています。

### 『東遊』に描かれた蔦重の店

北斎は寛政期後半から狂歌絵本や狂歌摺物を多く手がけるようになります。北斎自身も狂歌を詠んでおり、初めて入集した狂歌集は寛政七年正月の朱楽菅江一門の

歳旦狂歌集『みとりの色』と鹿都部真顔編『四方の巴流』であることが報告されています。(15)

浅草市人(あさくさのいちひと)編・北斎画の狂歌絵本『東遊(あずまあそび)』(寛政十一年刊、蔦重版)(16)から、蔦重(二代目)の店先の様子を描いた「絵草紙店」の図(図9)を見てみましょう。浅草市人は壺側というグループを率いていた人物です。市人編・北斎画の狂歌絵本には、他に『東都名所一覧』(寛政十二年刊)などもあります。(17)

図9「絵草紙店」。『東遊』国文学研究資料館所蔵

「絵草紙店」の図で、まず目に入るのは「耕書堂」と白く染め抜かれた暖簾(のれん)と、店の前に出ている行灯看板です。行灯看板は蔦重の商標の下に「紅絵問屋」とあります。紅絵は紅摺りの浮世絵のことですが、ここでは単に錦絵の意味で用いていると解釈してよいでしょう。店先には「浜のきさご　狂哥(きょうか)よみ

かた小冊」「忠臣大星水滸伝　山東京伝作」「東都名所一覧　狂哥入彩色摺」「狂歌千載集　高点の哥を集」と書かれた看板がかかっています。『浜のきさご』は元木網(もとのもくあみ)編の狂歌作法書で、初版は天明三年の刊行でした。「忠臣大星水滸伝」は『東遊』と同じ寛政十一年に出版された山東京伝の読本『忠臣水滸伝』前編のことです。「東都名所一覧」は前に述べた市人編・北斎画の狂歌絵本です。

店頭には浮世絵が平積みされており、大小の刀をさした武士の姿も見えます。どれを買おうか、選んでいるところかもしれません。画面右手に描かれている三人は蔦重の店の者でしょう。

なお、この『東遊』は墨摺りの本ですが、享和二年（一八〇二）には狂歌の部分を省いた多色摺の絵本に仕立て直され、題名を『画本東都遊(えほんあずまあそび)』[18]と改めて出版されています。

## 「百歳にして正に神妙ならん歟(か)」

ところで、北斎といえば大きな波の向こうに富士山が見える「神奈川沖浪裏」が有名です。この図を含む錦絵の揃物(そろいもの)「富嶽三十六景」が西村屋与八から出版されたのは、天保二年頃のことでした。宝暦十年生まれの北斎は既に七十代を迎えていましたが、この頃に次々と錦絵の揃物を制作しています。たとえば各地の滝を描いた「諸国滝廻り」（全八枚、西村屋与八版）、各地の橋を描いた「諸国名橋奇覧」（全十一枚、西村屋与八版）なども、「富嶽三十六景」に近い時期の出版と推定されています[19]。『無名翁随筆』には「天保の今に至るまで六十余歳、筆法少も衰へず、いよいよ老年に及び筆に潤あり、近年錦画を多く出せり」とあります。

北斎が自身の年齢と画力について述べたことばとして、絵本『富嶽百景』初編（天保五年刊）[20]跋（ばつ）文の、次の一節が知られています。

〈現代語訳〉私は六歳から物のかたちをうつす癖があり、五十歳の頃から数々の画図をあらわしてきたが、七十歳より前に描いたものは取るに足りないものだった。七十三歳にして少し鳥・獣・虫・魚の骨格や草木の生え方がわかってきた。八十歳になればますます進歩し、九十歳で奥義をきわめ、百歳で神妙の域に達するだろう。百十歳になれば一つ点を打つだけで格が備わり、生きているかのように描けるだろう。どうか長生きの皆様、私のいうことがでたらめではないことを見ていただきたい。

〈原文〉己六才より物の形状を写の癖ありて、半百の比より数々画図を顕すといへども、七十年前画く所は実に取に足ものなし。七十三才にして稍禽獣虫魚の骨格、草木の出生を悟し得たり。故に八十才にしては益々進み、九十才にして猶其奥意を極め、一百歳にして正に神妙ならん歟。百有十歳にしては一点一格にして生るがごとくならん。願くは長寿の君子、予が言の妄ならざるを見たまふべし。

北斎は八十代に入ってから信州の小布施を訪れ、高井鴻山の支援を受けて肉筆画や祭屋台の天井絵を制作しました。高井家は小布施の名家で、鴻山自身も妖怪画を描いたことで知られています。

小布施の北斎館に所蔵されている上町祭屋台の天井画は女浪図と男浪図からなり、北斎らしいダイナミックな波頭の描写が印象的です。同館所蔵の肉筆画「富士越龍図」には「嘉永二乙酉年　正月辰ノ日　宝暦十庚辰ノ年出生　九十老人卍筆」の署名があります。北斎最晩年の作品です。[21]

# 喜多川歌麿（きたがわうたまろ）

一七五三年～一八〇六年。浮世絵師。
主な作品に「歌撰恋之部（かせんこいのぶ）」「青楼十二時（せいろうじゅうにとき） 続（つづき）」など。

## 鳥山石燕の門人

喜多川歌麿は、遊女絵や狂歌絵本などで知られる浮世絵師です。文化三年（一八〇六）に没し、通説では享年五十四、逆算すると宝暦三年（一七五三）生まれとなります。[1]その場合、石川雅望とは同い年、寛延三年（一七五〇）生まれの蔦重より三つ年下です。

大田南畝の『浮世絵考証』には、次のようにあります。

喜多川歌麿　俗称勇助

はじめは鳥山石燕門人にて狩野派の画を学ぶ。後男女の風俗を画きて絵草紙屋蔦屋重三郎方に寓居す。今弁慶橋に住す。錦絵多し。

歌麿は鳥山石燕の門人で、蔦重のもとに居候していた時期もあったと書かれています。鳥山石燕は『画図百鬼夜行』などの妖怪絵本で有名な絵師です。画風や題材の面で石燕と歌麿との間に強い結びつきは感じられませんが、[2]歌麿の代表作に数えられる狂歌絵本『画本虫撰』（石川雅望編、蔦重版、天明八年〈一七八八〉刊）[3]には石燕の序文があり、そこに「門人哥麿」とあることから、歌麿が石燕の門人であったことは確かです。

なお歌麿は、歌麿と名乗る以前は北川豊章と号していました。安永四年（一七七五）刊行の富本節正本の表紙の絵を描いていたことが知られています。[4]

**忍岡歌麿として**

安永十年の初春に蔦重から出版された志水燕十の滑稽本『身貌大通神略縁記』[5]は、

歌麿が忍岡歌麿と号して挿絵を描いた作品です。内容は、いわゆる「おどけ開帳」ものです。

「おどけ開帳」とは、神社仏閣で秘仏や宝物を参詣者に公開する「開帳」をまねて、ふざけた品物をもっともらしく陳列して解説する見世物です。立派でないものを立派なものであるかのように扱う落差がおもしろく、俗っぽい品物であればあるほど滑稽さが増します。

図1「ずい徳寺の上人欠落の妙号」。『身貌大通神略縁記』東京都立中央図書館特別文庫室所蔵

『身貌大通神略縁記』の作中では、遊里や遊興に関連する品物があたかも宝物のように陳列され、人々がそれらを眺めている様子が描かれています。どのような品物が陳列されているのでしょうか。例えば「ずい徳寺の上人欠落(かけおち)の妙号」とされるものは、旅姿の男女を描いた掛け軸

です（図1）。「ずい徳寺」は由緒ある寺の名前のように聞こえますが、「ずいとくじ」とは逃げ出すことを意味する俗語です。「妙号」は仏菩薩（ぼさつ）の名を意味する「名号」のもじりでしょう。高僧が「南無阿弥陀仏」などの名号を書いた掛け軸ならば尊いものですが、ここでは駆け落ちする二人の絵姿を「妙号」としてありがたく陳列しているのが笑いを誘います。

見物している人々にも目を向けてみましょう。左端の女性は隣にいる頭巾をかぶった女性の背中に手を添え、頭巾をかぶった女性は振り返ってその女性の方を見ています。この二人は知り合いなのかもしれません。中央の人物は後ろにまわした手に手拭いを持っています。男性でしょうか。その右の男性は女の子を肩車しており、右端に描かれた女性は掛け軸ではなく肩車されている女の子の方を見ています。この三人は父親と娘たちでしょうか。何となく楽しげな感じが伝わってきます。

歌麿はこの作品に序文を書いており、「忍岡（しのぶがおか）数町遊人うた麿叙」と署名しています。刊記にも「画工　忍岡哥麿」とあります。忍岡は現在の東京都台東区上野の一帯をいいます。

作者の志水燕十（しみずえんじゅう）は根津の住人で、鳥山石燕の門人とされ、身分は幕臣であったと推測されています。[6] 安永末期から天明期にかけて洒落本、黄表紙、滑稽本を著した戯作者で、蓬莱山人帰橋の洒落本『愚人贅漢居続借金』（天明三年刊、上総屋利兵衛版）に、四方赤良（大田南畝）や朱楽菅江らとともに登場しています（これについては「朱楽菅江」の章もご参照ください）。

燕十が記した跋文には、歌麿の勧めにまかせて本書を出版すると書かれています。歌麿が忍岡の住人だったとすれば、根津は目と鼻の先です。同じ石燕の門下で近所に住んでいた二人が意気投合して、ちょっとふざけた作品を作ってみたのかもしれません。巻末には「〈江戸花〉吉原時計　初春出判」という広告があります。この本が出版されたかどうかは不明ですが、吉原関係の本であることが題名から想像されます。

燕十と歌麿は、他にもおもしろい作品を作っています。天明三年に蔦重から出版された黄表紙『啌多雁取帳』[7]を見てみましょう。燕十が奈蒔野馬平人の戯号で書いたもので、歌麿は忍岡歌麿として絵を担当しています。あらすじは次のとおりです。

―〈あらすじ〉質屋の番頭の金十郎は深川や新吉原で遊び、遊女の歌菊と馴染み―

になり、金を使い込んで店から追い出されてしまう。金十郎は桶を作る職人（箍屋）になり、同じ長屋に住む佐次兵衛から、寒い国では雁や鴨が池で凍り付いているのをつかまえると聞く。金十郎は雁を得ようと話に聞いた国へ行き、凍った雁を何羽も帯にはさむが、陽に当たって氷が解け、雁が羽ばたきをして金十郎と一緒に空中へ飛び上がる。金十郎はしばらく飛行するが、次第に帯がゆるんで雁が逃げてしまい、巨大な人々の住む大人国に落下する。金十郎は大人国の人々に珍しがられ、手盥に箍をかけるよう命じられるが、桶の箍がはじけて跳ね飛ばされる。飛ばされた先はかつて住んでいた町だった。金十郎が浅草の市で桶を売ると大量に売れるが、それは馴染みの歌菊が買い上げてくれたからであった。金十郎は質屋に呼び戻され、再び番頭となった。

わずか十五丁（三十頁）の作品ですが、波瀾万丈の筋立てです。歌麿の挿絵も楽しく、金十郎が新吉原で遊ぶ場面からは当時の遊里の様子がかいま見え、くわえ煙管で桶を作る場面からは桶職人の仕事場の様子がわかります。とくに目を引くのは大人国に落ちた金十郎を娘が手にのせ、母親と二人でしげしげと見ている絵です。

二人の女性の顔が紙面いっぱいに描かれています（図2）。

寛政期の歌麿の浮世絵には、蔦重から出版された「婦人相学十躰」（寛政四～五年〈一七九二～九三〉頃）や「歌撰恋之部」（寛政五～六年頃）のシリーズなど、女性の顔をクローズアップして描く大首絵が多く見られます[8]。この挿絵は、そうした大首絵の先駆的作品[9]と言われています。

図2『咥多雁取帳』東京都立中央図書館特別文庫室所蔵

**戯作者の会を催す**

ところでこの頃、歌麿は燕十だけでなく、他の戯作者たちとも交流していたようです。四方赤良（大田南畝）の『判取帳』[10]には、戯作者や狂歌人に向けた会の案内と思われる摺物（すりもの）が貼り込まれており、「去ぬる天明二のとし秋、忍が岡にて戯作者の会行いたし候より、作者とさく者の中よく今はみなみな親身のごとく成候も、偏に縁をむすぶの神、人々うた麿大明神と尊契し御うやまひ可被下候以上　四方作者どもへ　うた麿大明神」（さる天明二年秋に忍岡で作者の会を行って以来、作者どうし仲よくなり、今は皆親族のようになったのも、ひとえに縁を結ぶの神、皆様、歌麿大明神と尊敬してください。四方の作者たちへ、歌麿大明神より）という書き入れがあります。この摺物（すりもの）には、四方赤良、朱楽菅江、恋川春町、朋誠堂喜三二、志水燕十などの名前が確認できます。鈴木俊幸氏はこれについて、「会への参加を呼び掛けるための摺物の記事であって、実際にこの催しに参加した人間とは限らない。しかし、彼らは当然歌麿の呼び掛けの対象であったはずであり、忍が岡の会に参加した者も少なくなかったであろう」[11]と述べています。

天明二年秋の会がどのようなものだったかは不明ですが、戯作者と狂歌人とが一堂に会するこうした集まりは、戯作者が狂歌の遊びに加わってゆく流れとも無関係ではなかったと考えられています。[12]天明三年正月に出版された南畝・菅江編の『万載狂歌集』（須原屋版）には手柄岡持（てがらのおかもち）（朋誠堂喜三二）や酒上不埒（さけのうえのふらち）（恋川春町）、志水つばくら（志水燕十）の狂歌が入集しています。この年に恋川春町がいくつかの狂歌の大会に積極的にかかわっていたことは、「恋川春町」の章で述べたとおりです。

**筆綾丸——吉原連の一人として**

歌麿自身も筆綾丸（ふでのあやまる）という狂名を持っていました。『狂歌知足振（しったりぶり）』（天明三年刊）には吉原連の一人として「筆の綾丸」の名が記され、『狂歌師細見』（天明三年刊）[13]では「つたや三十郎」の店、つまり蔦重を中心とするグループの一人として「げい者浮世ゑし　うたまる」と記されています。

天明四年四月に蔦重から出版された『いたみ諸白』[14]は摂津国池田で客死した大門（おおもんの）喜和成（きわなり）を追善する狂歌集で、歌麿は筆綾丸の名で三首の狂歌を寄せています。一首目の詞書（ことばがき）には喜和成の死を悼（いた）む心情がにじみ出ています。その内容はおおよそ次のようなものです。

〈概要〉親しい友人である友成の子の喜和成が、難波の地で亡くなってしまった。暇乞（いとまご）いに来たとき、私も名残を惜しみ、こうなる身の上とは知らずに言ったことが口惜しい。私が早く元気にお戻り下さいと言ったら、喜和成は「元気に早く戻ってきたら、あなたもころころと喜ぶことでしょう」と詠んで、別れたのだった。今思えば、予想もつかない人生であった。

喜和成は新吉原五十軒道の大門際の酒屋の息子であったと言い[15]、『狂歌師細見』では「つたや三十郎」の店に「きはなり」として掲載されています。「大門喜和成」という狂名は新吉原の「大門の際なり」の洒落です。

歌麿と新吉原との関わりは、天明四年に岩戸屋から出版された恋川春町作・画の黄表紙『吉原大通会』からもうかがえます。物語の後半に、朋誠堂喜三二をモデルとする遊さん次と遊女との宴席の場面があり、そこには「当時、名ある大通」たちが多数集まっています。挿絵を見ると、大通たちにまじって着物に「忍」「哥」の字の書かれた人物がいます。この人物は忍岡歌麿、すなわち歌麿であると推察されています[16]。

この作品では、遊さん次が狂歌を詠もうとする場面で四方赤良・朱楽菅江・元木網・平秩東作らが登場するなど、架空の物語の世界と現実の世界とが二重写しになっているところがあります。妓楼での宴席の場面に歌麿が登場しているのも、当時

図3　『画本虫撰』国立国会図書館所蔵

の歌麿の生活をある程度ふまえていると考えてよいかもしれません。

**蔦重版の狂歌絵本と歌麿**

天明六年から寛政の初めにかけて、歌麿が筆をとった狂歌絵本が蔦重から数多く出版されています。さまざまな虫や小動物を描いた『画本虫撰』（石川雅望編、天明八年刊）（図3）や、種々の貝を描いた『潮干のつと』（八重垣連編、寛政元年刊）などは、多色摺（ず）りの美麗な本で、美術と文学の両面から研究が積み重ねられています。[17]

天明六年に出版された『絵本江戸爵（えほんえどすずめ）』[18]は、歌麿画の狂歌絵本の最初のものとされています。朱楽菅江による序文に「都多唐丸江都の名勝を図せめしてこれに好士の狂詠を乞ふ」とあり、蔦重の企画で作られたものです。江戸の景色をテーマとする点は、同じ天明六年に蔦重が出版した北尾重政画の狂歌絵本『絵本吾妻抉』と共通するものです。

ところで『絵本江戸爵』には、歌麿の名はどこにも書かれていません。鈴木重三氏は、天明六年の吉原細見の巻末にある蔦重の新版目録でも『絵本江戸爵』は絵師の名前を示さずに広告されており、その両隣に広告されている『絵本八十宇治川』と『絵本吾妻抉』には「北尾重政画」とあることから、『絵本江戸爵』が「見様によっては重政の作と思い誤る」と指摘しています。また、『絵本江戸爵』が「喜多川歌麿画」として広告されるようになるのは天明七年からであるとして、「この『江戸爵』において歌麿は蔦屋により、狂歌本絵師としての資質を瀬踏み的にためされたのではなかろうか」と述べています。当初は知名度のある重政の画と見まがうような形で出版されたものの、好評を得たか、蔦重の眼にかなったかして、以後の広告では歌麿の画であることを明示するようになったのではないか、歌麿の初めての絵入狂歌本であることを考えれば蔦重にそうした商策があってもおかしくはない、というのが鈴木氏の説です[19]。

天明六年に北尾重政は四十八歳、かたや歌麿は三十四歳でした。蔦重はテーマを同じくする二つの狂歌絵本を、一方はベテランの重政に、もう一方は若い歌麿に任せたのです。

なお、鈴木重三氏は、歌麿の狂歌絵本『絵本詞の花』(天明七年刊)、『絵本駿河舞』(寛政二年刊)、『絵本吾妻遊』(寛政二年刊)に重政の『絵本吾妻袂』から構図や人物・事物を借用している箇所が多く見られることも指摘しています[20]。歌麿は先輩絵師の重政の影響を受けながら成長していったと言えるでしょう。

## 「青楼十二時　続」――遊女の一日を描く

寛政六年ごろに蔦重から出版された「青楼十二時　続」[21]は遊女絵の揃い物で、遊女の一日の様子を時間ごとに描いた十二枚の絵からなります。

例えば辰の刻(午前八時頃)の絵には寝床から起き上がろうとする二人の新造が、巳の刻(午前十時頃)の絵には湯上がりの遊女と茶を差し出す新造が描かれています。これらは、通常は客の目にふれない昼間の遊女の姿です。また、亥の刻(午後

図4「青楼十二時　続　亥ノ刻」東京国立博物館所蔵　出典：ColBase(https://colbase.nich.go.jp/)

十時頃）の絵（図4）には座敷で盃を手にした遊女と居眠りをしている禿の姿が、丑の刻（午前二時頃）の絵には紙燭を持って上草履を履こうとしている遊女の姿が描かれています。これらは夜の遊女たちの様子を切り取ったものです。遊女の一日を時系列で描く趣向は、遊廓の昼間の様子を描写した山東京伝の洒落本『錦之裏』（寛政三年刊、蔦重版）にヒントを得たものであると言われています。[22]

寛政の改革を推し進めた松平定信が老中を免じられたのは、寛政五年七月のことでした。しかし、風紀粛正の空気が一気に緩んだわけではなく、同年の八月六日には「如何成絵草紙類」「如何敷一枚絵」を町年寄が問題視し、板木屋・絵草紙屋問屋行事へ注意を促す通達が出されています。[23]「如何成絵草紙類」「如何敷一枚絵」は、いかがわしい絵草紙といかがわしい一枚絵という意味です。「青楼十二時　続」には、いずれも検閲を通過したことを示す「極」印が確認でき、通達には抵触しないと判断されたことがわかります。とはいえ、歌麿の作品が統制から自由であったわけではありませんでした。この他にも表現に制約を課すさまざまな町触が出されており、歌麿の美人画にはその影響が見られることが指摘されています。[24]

文化元年五月、歌麿は読本の『絵本太閤記』に取材して描いた浮世絵が咎められ、手鎖の刑に処せられました。これは豊臣秀吉の事蹟を読み物化した『絵本太閤記』が絶版を命じられたことに伴う処分でした。石塚豊芥子『街談文々集要』[25]には、歌麿が描いた「太閤、五妻と花見遊覧の図」は素晴らしい出来映えであったが、太閤記から抜き出して作った錦絵は残らず取り上げられ、画工（浮世絵師）は手鎖、版元は十五貫ずつ過料を命じられたと記されています。このとき、浮世絵師は歌麿だけでなく歌川豊国も手鎖に処せられ、戯作者では十返舎一九も処罰されました（この事件については「十返舎一九」の章もご参照ください）。

この処分の二年後、文化三年に歌麿は死去しました。その墓は現在、東京都世田谷区北烏山の専光寺（昭和三年〈一九二八〉に浅草から移転）にあります。

# おわりに――戯作の時代／東洲斎写楽

## 戯作の時代

作品や資料をもとに、十二人の活動をたどってきました。振り返って、蔦重の時代をひとことで言い表すとすれば、「戯作の時代」ということばが思い浮かびます。戯作は談義本や黄表紙、洒落本などの文芸をさすことばですが、もともとは知識人がたわむれに、通俗的な作品を書く時に「戯作」の語を用いました。

恋川春町や朋誠堂喜三二は、自作の黄表紙に「恋川春町戯作」「喜三二戯作」と記しています。二人は武士であり、黄表紙などを書くことは本業とは無関係の遊びでした。幕臣の大田南畝や朱楽菅江についても同じことが言えます。狂歌の流行を牽引したかれらも、狂歌で生計を立てていたわけではなく、狂歌を専業とする「狂歌師」ではありませんでした[1]（本書では「狂歌師」と区別する意図で「狂歌人」の語を使用しました）。

一方で、かれらの作品は大いにもてはやされ、天明期には狂歌が大流行し、黄表紙や洒落本なども盛んに作られました。この流行を支えていたのが蔦重をはじめとする版元たちでした。

作者にとっては趣味の産物であっても、版元にとってその出版は生業の一部でした。本書でも紹介したように、蔦重はかれらの作品のなかでしばしば「執筆を催促する版元」というイメージで描かれています（例えば『通詩選笑知』の朱楽菅江の「戯言」や山東京伝の『堪忍袋緒〆善玉』）。売れる見込みのある作品の原稿を早く得たいと考えるのは版元としては当然のことです。誇張されている部分はあるにせよ、このイメージは蔦重の本質を映し出していると言えるでしょう。

原稿料は、作者から確実に原稿をもらうための手立てでもありました。山東京伝は遅くとも寛政期の初めには蔦重から原稿料を受け取っていたと思われますが、京伝にとって、戯作は家業のかたわらで慰みに執筆するものという位置づけでした。戯作を生業とする作者が現れるのは十九世紀以降のことです。例えば十返舎一九は滑稽本の原稿料で生活したと伝えられています（曲亭馬琴『近世物之本江戸作者部類』）。

本来は趣味の産物である戯作が、多くの読者を楽しませる読み物になり、それを書くことで生計を立てることも可能なものへと変わってゆく。その背景に原稿料を支払う習慣の定着があると考えるとき、ここでもまた、蔦重がキーパーソンであることに気づかされます。戯作が商品となり、戯作者が職業化する時代。蔦重の時代を、そうした時代の出発点に位置づけることもできるでしょう。

## 東洲斎写楽

ところで、蔦重を語る上で欠かせない人物でありながら、伝記資料が少なく、他の作者や絵師との交流についても判然としない絵師が、東洲斎写楽（とうじゆうさいしやらく）です。最後に、簡略ではありますが、写楽について記します。

蔦重が写楽の役者絵を売り出したのは、寛政六年（一七九四）のことでした。「市川鰕蔵（えびぞう）の竹村定之進（さだのしん）」（図1）など、同年五月に江戸の芝居小屋で上演された歌舞伎役者たちを描いた作品で、いずれも雲母摺（きらずり）（雲母の粉で光沢を加える摺り）を施した背景に役者の顔を大きく描いた、いわゆる大首絵です。それから約十ヶ月のあいだ、蔦重から次々と写楽の絵が出版されました。現存する作品は百四十点あまりに

図1「市川鰕蔵の竹村定之進」東京国立博物館所蔵　出典：ColBase（https://colbase.nich.go.jp/）

のぼり、そのなかには大童山文五郎という子供の相撲取りを描いた相撲絵や武者絵などもありますが、全体の九割以上が役者絵です。[2] そして、登場から一年もたたないうちに写楽は表舞台から姿を消しました。

当時、主な浮世絵師の流派に、鳥居派、北尾派、勝川派、歌川派がありました。これらの流派と写楽の関係を示唆する資料に、享和二年（一八〇二）に出版された式亭三馬の黄表紙『稗史億説年代記（くさぞうしこじつけねんだいき）』（西宮版）の「倭画巧名尽（やまとえしのなづくし）」（図2）があります。この図は当時までに活躍した絵師の名を地図になぞらえる形で示したものです。多くの絵師を擁する鳥居派と勝川派がそれぞれ大きな陸地で表されているのに対し、写楽は一つの小さな島として表現されています。

図2「倭画巧名尽」の図。『稗史億説年代記』国立国会図書館所蔵

大田南畝の『浮世絵考証』には、写楽について「これまた歌舞妓役者の似顔をうつせしが、あまりに真を画(えが)かんとてあらぬさまにかきなせしかば、長く世に行われず、一両年にして止(や)む」（歌舞伎役者を似顔で描いたが、真に迫ろうとするあまりに「あらぬさま」に描いたので、長くは流行せず、一、二年で終わった）とあります。「あらぬさま」は、ふつうとは異なる様子とも、望ましくない様子とも解釈できる表現です。役者を似顔で描くことは、明和期に一筆斎文調(いっぴっさいぶんちょう)や勝川春章(かつかわしゅんしょう)が先鞭をつけ、安永・天明期には春章の弟子たちも手がけていました[3]。写楽の絵も、そうした

役者絵の流れの上に位置づけられます。そのうえで南畝の記述を読めば、写楽の絵は写実性を追求するあまり、役者絵を楽しむ人々の好みに合わなくなってしまったということが想像されます。

写楽と名乗った人物については、天保十五年（一八四四）の序がある斎藤月岑編の『増補浮世絵類考』[4]に「天明寛政年中の人　俗称斎藤十郎兵衛、居、江戸八丁堀に住す、阿波侯の能役者也」とあり、写楽は江戸の八丁堀に住んでいた能役者の斎藤十郎兵衛であったとしています。写楽の正体については、近年はこの説が有力視されています。[5]

なお、斎号の「東洲斎」は、現在では「とうしゅうさい」と清音で読むことが一般的ですが、江戸時代には「とうじゅうさい」と濁音で読まれたと考えられています。[6]

蔦重が出版した本や浮世絵は、江戸時代後期の娯楽文化を知るにはうってつけのものです。現在は図書館等の所蔵資料のインターネット公開が進み、画像を自由に閲覧できるものも増えてきています。じっくり見たり、読んだりしてみたいと思われた作品については、凡例と注に記した文献を手がかりに、理解を深めていただければと思います。

本書の執筆にあたり、鈴木俊幸氏の『新版　蔦屋重三郎』『蔦重出版書目』をはじめとして、多数の研究書、論文、翻刻、注釈書、展示図録等から学恩を蒙りました。記して感謝申し上げます。

二〇二四年十月

佐藤　至子

# 注

## 【蔦屋重三郎】

1 鈴木俊幸「吉原の本屋蔦屋重三郎」『新版　蔦屋重三郎』平凡社ライブラリー、二〇一二年。
2 『籬の花』は関西大学図書館所蔵本（国書データベース閲覧）によった。
3 『娼妃地理記』は『洒落本大成　第七巻』（中央公論社、一九八〇年）によった。
4 鈴木俊幸「蔦屋重三郎代々年譜」『蔦屋重三郎』若草書房、一九九八年。
5 天明三年正月の吉原細見『吉原細見五葉松』は国立国会図書館所蔵本（国立国会図書館デジタルコレクション）によった。
6 天明四年正月の吉原細見は江戸東京博物館所蔵本（国書データベース閲覧）によった。
7 『吉原大通会』は『江戸の戯作絵本　続巻（一）』（現代教養文庫、社会思想社、一九八四年）によった。
8 『狂歌百鬼夜狂』は江戸狂歌研究会『化物で楽しむ江戸狂歌〜『狂歌百鬼夜狂』をよむ〜』（笠間書院、二〇一四年）によった。
9 関根正直『小説史稿』金港堂本店、一八九〇年。
10 佐藤至子『江戸の出版統制─弾圧に翻弄された戯作者たち』吉川弘文館、二〇一七年。
11 『山東京伝一代記』は『続燕石十種　第二巻』（中央公論社、一九八〇年）によった。
12 鈴木俊幸「寛政改革とその後」『新版　蔦屋重三郎』（注1前掲）。
＊本章の一部は佐藤至子『山東京伝─滑稽洒落第一の作者』（ミネルヴァ書房、二〇〇九年）・同『江戸の出版統制─弾圧に翻弄された戯作者たち』（注10前掲）と重なるところがある。

【大田南畝（四方赤良）】

1　浜田義一郎『大田南畝』人物叢書（新装版）、吉川弘文館、一九八六年。
2　小林ふみ子『大田南畝　江戸に狂歌の花咲かす』角川ソフィア文庫、二〇二四年。
3　『大田南畝全集　第二十巻』岩波書店、一九九〇年。
4　揖斐高「寝惚先生の誕生―大田南畝の文学的出発」『江戸詩歌論』汲古書院、一九九八年。揖斐高「寝惚先生文集」解題『寝惚先生文集　狂歌才蔵集　四方のあか』新日本古典文学大系、岩波書店、一九九三年。
5　『莘野茗談』の南畝序文（『続燕石十種　第一巻』中央公論社、一九八〇年）。
6　『莘野茗談』は『続燕石十種　第一巻』（注5前掲）によった。
7　揖斐高「寝惚先生の誕生―大田南畝の文学的出発」（注4前掲）。小林ふみ子「天明狂歌の狂名について」注22、『天明狂歌研究』汲古書院、二〇〇九年。
8　揖斐高「寝惚先生の誕生―大田南畝の文学的出発」（注4前掲）。小林ふみ子「狂歌の大親分になるまで」『大田南畝　江戸に狂歌の花咲かす』（注2前掲）。
9　揖斐高「寝惚先生文集」注『寝惚先生文集　狂歌才蔵集　四方のあか』（注4前掲）。小林ふみ子「狂歌の大親分になるまで」（注8前掲）。
10　『明和十五番狂歌合』の文化八年の南畝識語（『江戸狂歌本選集　第一巻』東京堂出版、一九九八年）。
11　『狂調弄花集』序文は石川了「『〈繡像百人〉狂調弄花集』―尾張狂歌作者五九〇名七一三首―」（『江戸狂歌壇史の研究』汲古書院、二〇一一年）によった。
12　「いざしれものの仲ま入せむ」という言について、中野三敏氏は「狂歌を詠むことを「烏滸」の「痴れ者」と認識した上で、あえてその仲間に身を投じようという、極めて明確に自己を相対化した行為」とし（『寝惚先生文集　狂歌才蔵集　四方のあか』解説、注4前掲）、小林ふみ子氏は、ふざけた「宝」を持ち寄る宝合わせの遊びについての大根太木の言をもふまえつつ「彼らのこの種の集いは自覚的に「ばかもの」になりきる遊びであったろう」と述べている（「天明狂歌の狂名について」注7前掲）。

13 浜田義一郎『大田南畝』（注1前掲）。橘洲の視点から検証した研究に石川了「『狂歌若葉集』の編集刊行事情」『江戸狂歌壇史の研究』（注11前掲）。

14 宇田敏彦校註『万載狂歌集　上』現代教養文庫、社会思想社、一九九〇年。

15 『万載集著微来歴』は『江戸の戯作絵本（二）』（現代教養文庫、社会思想社、一九八一年）によった。

16 中野三敏氏はこれらの評判記について「恐らく南畝一人の単独作ではなく、同好同臭の者寄り集っての楽しみであったろう」と述べている（「岡目八目」解説『大田南畝全集　第七巻』岩波書店、一九八六年）。

17 中野三敏「菊寿草」解説『大田南畝全集　第七巻』（注16前掲）。

18 鈴木俊幸「天明期狂歌・戯作壇の形成と狂歌師蔦唐丸」『新版　蔦屋重三郎』平凡社ライブラリー、二〇一二年。

19 「としの市の記」は『遊戯三昧』（『天理図書館善本叢書　蜀山人集』八木書店、一九七七年）によった。

20 中野三敏「南畝耕読　その六」『大田南畝全集　第十巻』「大田南畝全集　月報7」岩波書店、一九八六年。

21 『老莱子』は『五世市川団十郎集』（ゆまに書房、一九七五年）によった。木村和幸・山本陽史「『老莱子』のひとびと―天明狂歌壇の一文事―」『山寺芭蕉記念館紀要』第五号、二〇〇〇年三月。

22 鈴木俊幸「天明期狂歌・戯作壇の形成と狂歌師蔦唐丸」（注18前掲）。

23 中野三敏「通詩選笑知」解説『大田南畝全集　第一巻』岩波書店、一九八五年。日野龍夫「通詩選笑知」解題『寝惚先生文集　狂歌才蔵集　四方のあか』（注4前掲）。

24 日野龍夫・鈴木俊幸・斎田作楽解説『〈改訂増補版〉通詩選三部作　通詩選笑知・通詩選・通詩選諺解・壇邦山人芸舎集・十才子名月詩集』太平文庫、太平書屋、二〇一〇年。

25 浜田義一郎『大田南畝』（注1前掲）。

26 浜田義一郎『大田南畝』（注1前掲）。

27 久保田啓一「大田南畝の天明七年―文武奨励と狂歌界離脱をめぐって」『文学』隔月刊第八巻第三号、二〇〇七年五月。
28 浜田義一郎『大田南畝』(注1前掲)。
29 井上隆明「土山一件と寛政黄表紙」暉峻康隆編『近世文芸論叢』中央公論社、一九七八年。棚橋正博『山東京伝の黄表紙を読む　江戸の経済と社会風俗』ぺりかん社、二〇一二年。
30 浜田義一郎「四方のあか」解説『大田南畝全集　第一巻』(注23前掲)。中野三敏「四方のあか」解題『寝惚先生文集　狂歌才蔵集　四方のあか』(注4前掲)。
31 「年譜」『大田南畝全集　第二十巻』(注3前掲)。
32 享和元年六月七日山内尚助宛南畝書簡。
33 福田安典「上方から見た大田南畝」(「シンポジウム「没後二百年　大田南畝を語る」報告」所載)『近世文芸』一一九号、二〇二四年一月。

【朱楽菅江】
1 浜田義一郎「朱楽菅江覚書」『江戸文芸攷』岩波書店、一九八八年。
2 南畝『七々集』「朱楽菅江狂歌草稿序」。
3 『狂謌弄花集』序文は石川了「『〈繍像百人〉狂謌弄花集』―尾張狂歌作者五九〇名七一三首―」(『江戸狂歌壇史の研究』汲古書院、二〇一一年)によった。
4 浜田義一郎「朱楽菅江覚書」(注1前掲)。石川了「朱楽菅江」『江戸狂歌壇史の研究』(注3前掲)。
5 『売花新駅』は『洒落本大成　第七巻』(中央公論社、一九八〇年)によった。
6 『雑文穿袋』は『洒落本大成　第八巻』(中央公論社、一九八〇年)によった。
7 浜田啓介「雑文穿袋」解題(『洒落本大成　第八巻』注6前掲)に「斯の方面のことを漢文で表わし、またはそれに訓訳を併せて愉快とするのは、戯作の名に価する洒落本の発生時からの伝統である」とある。

8 『大抵御覧』は『洒落本大成　第九巻』(中央公論社、一九八〇年)によった。

9 久保田啓一「詩歌連俳と狂歌・川柳の位置—萱江と南畝に即して」『国文学』第五十二巻九号、二〇〇七年八月。

10 『万載狂歌集』は宇田敏彦校註『万載狂歌集　上』(現代教養文庫、社会思想社、一九九〇年)によった。

11 『吉原細見五葉松』は国立国会図書館所蔵本(国会図書館デジタルコレクション)によった。

12 『狂歌師細見』は『寝惚先生文集　狂歌才蔵集　四方のあか』(新日本古典文学大系、岩波書店、一九九三年)によった。

13 石川了「朱楽菅江」『江戸狂歌壇史の研究』(注3前掲)。

14 小林ふみ子「落栗庵元木網の天明狂歌」『天明狂歌研究』汲古書院、二〇〇九年。

15 『老莱子』は『五世市川団十郎集』(ゆまに書房、一九七五年)によった。

16 『狂言鶯蛙集』は『江戸狂歌本選集　第二巻』(東京堂出版、一九九八年)によった。

17 『〈狂歌評判〉俳優風』は『江戸狂歌本選集　第三巻』(東京堂出版、一九九九年)によった。

18 浜田義一郎「江戸文学雑記帳(二)」『江戸文芸攷』(注1前掲)。

19 浜田義一郎「朱楽菅江覚書」(注1前掲)。

20 『狂歌才蔵集』は『寝惚先生文集　狂歌才蔵集　四方のあか』(注12前掲)によった。

21 中野三敏「狂歌才蔵集」注『寝惚先生文集　狂歌才蔵集　四方のあか』(注12前掲)。

22 『万代狂歌集』は粕谷宏典校『万代狂歌集』下(古典文庫、一九七二年)によった。

23 『狂歌知足振』の野崎左文写本の書き入れによる(『寝惚先生文集　狂歌才蔵集　四方のあか』注12前掲)。

24 『徳和歌後万載集』は『川柳　狂歌集』(日本古典文学大系、岩波書店、一九七六年)によった。

25 『耳嚢』は長谷川強校注『耳嚢　上』(岩波文庫、一九九一年)によった。

26　『古寿恵のゆき』は『江戸狂歌本選集　第六巻』（東京堂出版、一九九九年）によった。

【石川雅望（宿屋飯盛）】

1　粕谷宏紀『石川雅望研究』角川書店、一九八五年。
2　『狂歌師細見』は『寝惚先生文集　狂歌才蔵集　四方のあか』（新日本古典文学大系、岩波書店、一九九三年）によった。
3　『狂歌知足振』は『寝惚先生文集　狂歌才蔵集　四方のあか』（注2前掲）によった。
4　『徳和歌後万載集』は『川柳　狂歌集』（日本古典文学大系、岩波書店、一九五八年）によった。
5　粕谷宏紀『石川雅望研究』（注1前掲）。
6　『老莱子』は『五世市川団十郎集』（ゆまに書房、一九七五年）によった。
7　『狂文宝合記』は延広真治ほか編著『『狂文宝合記』の研究』（汲古書院、二〇〇〇年）によった。
8　『皆三舛扮戯大星』は『五世市川団十郎集』（注6前掲）によった。
9　日野龍夫「解説」『五世市川団十郎集』（注6前掲）。
10　『大木の生限』と『太の根』は浜田義一郎「狂歌歳旦黄表紙五種」（『大妻女子大学文学部紀要』第三号、一九七一年三月）所載の翻刻によった。
11　鈴木俊幸「蔦屋重三郎代々年譜」『蔦屋重三郎』若草書房、一九九八年。
12　浜田義一郎「狂歌歳旦黄表紙五種」（注10前掲）。
13　『〈狂歌評判〉俳優風』は『江戸狂歌本選集　第三巻』（東京堂出版、一九九九年）によった。
14　『とはずがたり』は稲田篤信校訂『石川雅望集』（叢書江戸文庫、国書刊行会、一九九三年）によった。
15　『十才子名月詩集』は大阪大学附属図書館所蔵小野文庫本（国書データベース閲覧）によった。
16　『吾妻曲狂歌文庫』は『川柳　狂歌集』（日本古典文学大系、岩波書店、一九五八年）によった。『古今狂歌

17 『画本虫撰』は国立国会図書館所蔵本（国立国会図書館デジタルコレクション）によった。
18 鈴木重三「歌麿絵本の分析的考察」『改訂増補　絵本と浮世絵―江戸出版文化の考察』ぺりかん社、二〇一七年。牧野悟資「狂歌絵本『画本虫撰』」鈴木健一編『鳥獣虫魚の文学史―日本古典の自然観3　虫の巻』三弥井書店、二〇一二年。
19 粕谷宏紀『石川雅望研究』（注1前掲）。稲田篤信「公事宿嫌疑一件＊寛政三年の石川雅望」『江戸小説の世界＊秋成と雅望』ぺりかん社、一九九一年。
20 粕谷宏紀『石川雅望研究』（注1前掲）。
21 鈴木俊幸『蔦重出版書目』青裳堂書店、一九九八年。
22 粕谷宏紀『石川雅望研究』（注1前掲）。
23 牧野悟資「『狂歌波津加蛭子』考―石川雅望の狂歌活動再開を巡って―」『近世文芸』八十号、二〇〇四年七月。
24 雅望は寛政三年の逼塞後に通称を七兵衛から五郎兵衛に改めた。「五側」の「五」は「五郎兵衛」にちなむ。
25 粕谷宏紀『石川雅望研究』（注1前掲）。
26 『春のなごり』は国文学研究資料館所蔵本（国書データベース閲覧）によった。

【恋川春町】

1 倉橋家の系図と「由緒幷勤書下書」は広瀬朝光「恋川春町研究資料」（『戯作文芸論―研究と資料―』笠間書院、一九八二年）によった。
2 安藤帯刀は紀州藩の付家老（浜田義一郎「江戸文学雑記帳（二）」『江戸文芸攷』岩波書店、一九八八年）。
3 『戯作者撰集』は広瀬朝光編著『戯作者撰集』（笠間書院、一九七八年）によった。

4　加藤定彦「若き日の恋川春町」『俳諧の近世史』若草書房、一九九八年。
5　『春遊機嫌袋』は『噺本大系　第十七巻』（東京堂出版、一九七九年）によった。
6　『金々先生栄花夢』は『黄表紙　洒落本集』（日本古典文学大系、岩波書店、一九五八年）・『黄表紙　川柳狂歌』（新編日本古典文学全集、小学館、一九九九年）によった。
7　『辰巳之園』は『黄表紙　洒落本集』（注6前掲）によった。
8　浜田啓介「解題」『洒落本大成　第六巻』中央公論社、一九七九年。
9　浜田義一郎「恋川春町―倉橋家文書および二、三の考察―」『江戸文芸攷』（注2前掲）。
10　加藤定彦「若き日の恋川春町」（注4前掲）。
11　『其返報怪談』は『草双紙集』（新日本古典文学大系、岩波書店、一九九七年）によった。
12　近年、神谷勝広氏により、春章の生年を寛保三年（一七四三）とする説が発表された。神谷氏は『其返報怪談』に描かれた恋川と春章の容姿・風貌にさほどの年齢差が感じられないことに触れ、「今回の説にしたがえば、春町（三十三歳）・春章（三十四歳）となり、内容・挿絵と適合し腑に落ちる」と述べている（神谷勝広「勝川春章の生年」『近世文芸とその周縁―江戸編』若草書房、二〇二一年）。
13　宇田敏彦「其返報怪談」解題『草双紙集』（注11前掲）。中村正明「恋川春町の戯作意識と方法」『日本文学論究』第七十六冊、二〇一七年三月。
14　「由緒并勤書下書」（注1前掲）。
15　広瀬朝光「倉橋勝暉（恋川春町）「遺誡」」『戯作文芸論―研究と資料―』（注1前掲）。
16　『万載狂歌集』は宇田敏彦校註『万載狂歌集』上・下（現代教養文庫、社会思想社、一九九〇年）によった。
17　『狂歌知足振』は『寝惚先生文集　狂歌才蔵集　四方のあか』（新日本古典文学大系、岩波書店、一九九三年）によった。
18　鈴木俊幸「天明期狂歌・戯作壇の形成と狂歌師蔦唐丸」『新版　蔦屋重三郎』平凡社ライブラリー、二〇一二年。

19 和田博通「天明初年の黄表紙と狂歌」『山梨大学教育学部研究報告』第三十一号、一九八〇年。

20 鈴木俊幸「天明期狂歌・戯作壇の形成と狂歌師蔦唐丸」（注18前掲）。

21 『狂文宝合記』は延広真治ほか編著『『狂文宝合記』の研究』（汲古書院、二〇〇〇年）によった。

22 『万載集著微来歴』は『江戸の戯作絵本（二）』（現代教養文庫、社会思想社、一九八一年）によった。

23 『徳和歌後万載集』は『川柳　狂歌集』（日本古典文学大系、岩波書店、一九五八年）によった。

24 広瀬朝光「戯作者恋川春町新資料」『戯作文芸論―研究と資料―』（注1前掲）。

25 『我おもしろ』は『江戸狂歌本選集　第十巻』（東京堂出版、二〇〇一年）によった。

26 「由緒并勤書下書」（注1前掲）。

27 『鸚鵡返文武二道』は『黄表紙　川柳　狂歌』（注6前掲）によった。

28 『よしの冊子』寛政元年正月の記事は『随筆百花苑　第八巻』（中央公論社、一九八〇年）によった。浜田義一郎「江戸文学雑記帳（二）」（『江戸文芸攷』注2前掲）に指摘がある。

【朋誠堂喜三二】

1 井上隆明「朋誠堂喜三二年譜」『喜三二戯作本の研究』三樹書房、一九八三年。

2 井上隆明「喜三二・晩得勤中年譜〈一〉」～「同〈五〉（天明七年～寛政元年）」『秋田経済法科大学経済学部紀要』第十五号～第十九号、一九九一年九月～一九九四年三月。

3 『国史大辞典　第十四巻』「留守居（二）」（笠谷和比古執筆）吉川弘文館、一九九三年。

4 『古朽木』は専修大学図書館所蔵本（国書データベース閲覧）によった。

5 石上敏「源内門人としての朋誠堂喜三二―『高漫斉行脚日記』の世界―」『近世文芸』七十二号、二〇〇〇年七月。

6　『吉原大通会』は『江戸の戯作絵本　続巻（一）』（現代教養文庫、社会思想社、一九八四年）によった。
7　『後はむかし物語』は『燕石十種　第一巻』（中央公論社、一九七九年）によった。
8　東京藝術大学大学美術館・東京新聞編『大吉原展』「大文字屋に集う文化人」東京新聞・テレビ朝日、二〇二四年。
9　『娼妃地理記』は『洒落本大成　第七巻』（中央公論社、一九八〇年）によった。
10　浜田啓介「解題」『洒落本大成　第七巻』（注9前掲）。
11　『我おもしろ』は『江戸狂歌本選集　第十巻』（東京堂出版、二〇〇一年）によった。
12　『柳巷訛言』は『噺本大系　第十二巻』（東京堂出版、一九七九年）によった。
13　武藤禎夫「所収書目解題」『噺本大系　第十二巻』（注12前掲）。
14　『狂歌師細見』は『寝惚先生文集　狂歌才蔵集　四方のあか』（新日本古典文学大系、岩波書店、一九九三年）によった。
15　小林ふみ子「女性戯作者の描く都市江戸―「婦人亀遊」の黄表紙から―」小林ふみ子・染谷智幸編『東アジアの都市とジェンダー　過去から問い直す』文学通信、二〇二三年。
16　『網大慈大悲の換玉』は国立国会図書館所蔵本（国立国会図書館デジタルコレクション）によった。
17　浜田義一郎「朋誠堂喜三二ノート」（『江戸文芸攷―狂歌・川柳・戯作―』岩波書店、一九八八年）を参照した。
18　『亀山人家妖』は『江戸の戯作絵本（二）』（現代教養文庫、社会思想社、一九八一年）によった。
19　井上隆明「喜三二・晩得勤中年譜〈三〉」『秋田経済法科大学経済学部紀要』第十七号、一九九三年三月。
20　佐藤至子『江戸の出版統制―弾圧に翻弄された戯作者たち』吉川弘文館、二〇一七年。
21　『よしの冊子』は『随筆百花苑　第八巻』（中央公論社、一九八〇年）によった。
22　井上隆明「天明八年の喜三二」神保五弥編『江戸文学研究』新典社、一九九三年。

23 三橋喜三二『二口〆勘略縁起』（寛政元年刊）序文（国立国会図書館所蔵本、国立国会図書館デジタルコレクション）。井上隆明「喜三二・晩得勤中年譜〈五〉（天明七年〜寛政元年）」（注2前掲）。
24 井上隆明『喜三二戯作本の研究』（注1前掲）。
25 田中康二「朋誠堂喜三二の和歌・和文修行」『日本古典文学会々報』第一三四号、二〇〇二年七月。

**【山東京伝（北尾政演）】**

1 机塚建立の事情および京伝「古机の記」は『大田南畝全集　第十六巻』（岩波書店、一九八八年）「一話一言補遺参考篇1」収録の「京伝机塚碑文相願候に付口上之覚」によった。南畝撰の碑文は『大田南畝全集　第十八巻』（岩波書店、一九八八年）「序跋等拾遺」に収録されている。
2 『色時雨紅葉玉籬』表紙は鈴木俊幸『蔦重出版書目』（青裳堂書店、一九九八年）所載の図版によった。
3 鈴木俊幸『江戸の本づくし　黄表紙で読む江戸の出版事情』平凡社新書、二〇一一年。
4 『吾妻曲狂歌文庫』は『川柳　狂歌集』（日本古典文学大系、岩波書店、一九五八年）、『古今狂歌袋』は東北大学附属図書館所蔵本（国書データベース閲覧）によった。
5 『歌麿・写楽の仕掛け人　その名は蔦屋重三郎』（展示図録、サントリー美術館、二〇一〇年）作品解説「103『吾妻曲狂歌文庫』」に「歌仙絵になぞらえて狂歌師たちの肖像を描こうという着想は、前年の天明五年（一七八五）に四方赤良（大田南畝）が編纂した『三十六人狂歌撰』から得たものであろう」とある。
6 浜田義一郎「吾妻曲狂歌文庫」注『川柳　狂歌集』（注4前掲）。
7 ティモシー・クラーク（井原真理子訳）「北尾政演画の狂歌師細判似顔絵」『江戸文学』第十九号、一九九八年八月。
8 鈴木俊幸「蔦屋重三郎代々年譜」『蔦屋重三郎』若草書房、一九九八年。
9 小池藤五郎『山東京伝の研究』岩波書店、一九三五年。

10　「江戸花京橋名取」は東京国立博物館所蔵。東京国立博物館研究情報アーカイブズ（https://webarchives.tnm.jp/）によった。
11　『黒白水鏡』は『江戸の戯作絵本　続巻（二）』（現代教養文庫、社会思想社、一九八五年）によった。
12　関根正直『小説史稿』金港堂本店、一八九〇年。
13　『仕懸文庫』の袋は『山東京伝全集　第十八巻』（ぺりかん社、二〇一二年）所載の図版によった。
14　佐藤悟「木村默老著・曲亭馬琴補遺『水滸伝考』」『実践国文学』第五十二巻、一九九七年十月。
15　『伊波伝毛乃記』。
16　『四遍摺心学草紙』は東京都立中央図書館特別文庫室所蔵加賀文庫本（国書データベース閲覧）によった。
17　『踊独稽古』は国立国会図書館所蔵本（国立国会図書館デジタルコレクション）によった。津田眞弓「天保改革の焼き直し作にみる戯作の変容―善玉悪玉を端緒に―」『日本文学』第六十五巻第十号、二〇一六年十月。
18　関原彩「『心学早染草』善玉悪玉の影響―明治期―」『学習院大学人文科学論集』二十四、二〇一五年十月。
19　『武者合天狗俳諧』は国立国会図書館所蔵本（国立国会図書館デジタルコレクション）によった。
20　『伊波伝毛乃記』、大田南畝『丙子掌記』。
＊本章の一部は佐藤至子『山東京伝―滑稽洒落第一の作者』（ミネルヴァ書房、二〇〇九年）・同『江戸の出版統制―弾圧に翻弄された戯作者たち』（吉川弘文館、二〇一七年）と重なるところがある。

**【曲亭馬琴】**

1　『吾仏乃記』は木村三四吾ほか編校『吾仏乃記　滝沢馬琴家記』（八木書店、一九八七年）によった。また、馬琴の家族については高田衛『滝沢馬琴　百年以後の知音を俟つ』（ミネルヴァ書房、二〇〇六年）、板坂則子「曲亭馬琴―不幸な私生活を越えて」（『国文学解釈と鑑賞』平成十三年九月号）も参照した。

2　『吾仏乃記』家説第四（注1前掲）。
3　『吾仏乃記』家譜第一（注1前掲）。
4　『吾仏乃記』家譜改正編第五（注1前掲）。
5　『蛛の糸巻』は『燕石十種　第二巻』（中央公論社、一九七九年）によった。
6　『蛙鳴秘鈔』は徳田武校注『近世物之本江戸作者部類』（岩波文庫、二〇一四年）によった。
7　『尽用而二分狂言』は国立国会図書館所蔵本（国立国会図書館デジタルコレクション）によった。
8　『武江年表』寛政二年の条に「永代寺にて京都大仏の内、弁才天開帳。この間、境内見せ物に壬生狂言を出す。世に行れて両国に於ても見せ物とし、幇間の輩も酒宴の興にこれを学べり」とある（今井金吾校訂『定本　武江年表　中』ちくま学芸文庫、二〇〇三年）。
9　棚橋正博『黄表紙総覧　中篇』（日本書誌学大系、青裳堂書店、一九八九年）「尽用而二分狂言」の項。
10　高田衛『滝沢馬琴　百年以後の知音を俟つ』（注1前掲）、神田正行「『俳諧歳時記』の成立」『馬琴と書物―伝奇世界の底流―』八木書店、二〇一一年。
11　棚橋正博『黄表紙総覧　中篇』「尽用而二分狂言」の項（注9前掲）。
12　今井金吾校訂『定本　武江年表　中』（注8前掲）。
13　『伊波伝毛乃記』。
14　『吾仏乃記』家譜改正編第五（注1前掲）。
15　高田衛『滝沢馬琴　百年以後の知音を俟つ』（注1前掲）。
16　『吾仏乃記』家譜改正編第五（注1前掲）。
17　『笑府衿裂米』は『噺本大系　第十二巻』（東京堂出版、一九七九年）によった。
18　鈴木俊幸『蔦重出版書目』青裳堂書店、一九九八年。
19　『四遍摺心学草紙』は東京都立中央図書館特別文庫室所蔵加賀文庫本（国書データベース閲覧）によった。

20　『高尾船字文』は早稲田大学図書館所蔵本（古典籍総合データベース閲覧）、高木元「『高尾舩字文』―解題と翻刻―」（『愛知県立大学　説林』第四十三号、一九九五年二月）によった。

【十返舎一九】

1　『近世物之本江戸作者部類』。
2　『続膝栗毛』五編巻末。棚橋正博『笑いの戯作者　十返舎一九』（新典社、一九九九年）所掲の影印・翻刻によった。
3　林美一「浮世絵師十返舎一九　下ノ三」『江戸春秋』十七、一九八四年六月。
4　『戯作者撰集』は広瀬朝光編著『戯作者撰集』（笠間書院、一九七八年）よった。
5　林美一「浮世絵師十返舎一九　下ノ一」『江戸春秋』十三、一九八一年四月。
6　『木下蔭狭間合戦』は『木下蔭狭間合戦』（未翻刻戯曲集、国立劇場調査養成部・芸能調査室、一九七八年）によった。
7　『木下陰狭間合戦』は東京都立中央図書館特別文庫室所蔵加賀文庫本（国書データベース閲覧）によった。
8　小池正胤氏は「筆採（正作者の前に机をおいて作者の詞に従い正本の草稿に筆を下ろすこと）ぐらいの仕事ではなかったと思う」と推察している（小池正胤「自己を演出する名タレント―十返舎一九の生涯」神保五弥ほか『京伝・一九・春水』図説日本の古典、集英社、一九八〇年）。
9　中山尚夫「十返舎一九年譜稿」『十返舎一九研究』おうふう、二〇〇二年。
10　『初役金烏帽子魚』は棚橋正博校訂『十返舎一九集』（国書刊行会、一九九七年）によった。
11　林美一「浮世絵師十返舎一九　中」『江戸春秋』六、一九七八年一月。
12　『心学時計草』は棚橋正博校訂『十返舎一九集』（注10前掲）によった。
13　棚橋正博「解題 付十返舎一九略年表」『十返舎一九集』（注10前掲）。

14 棚橋正博『黄表紙総覧 中篇』(日本書誌学大系、青裳堂書店、一九八九年)「心学旹計草」の項。
15 『怪談筆始』は国立国会図書館所蔵本(国立国会図書館デジタルコレクション)によった。
16 『〈化物〉年中行状記』は国立国会図書館所蔵本(登録書名「万物小遣帳」、国立国会図書館デジタルコレクション)によった。
17 アダム・カバット「黄表紙の化物尽くしの変容」『江戸化物の研究―草双紙に描かれた創作化物の誕生と展開』岩波書店、二〇一七年。
18 中山尚夫「十返舎一九年譜稿」(注9前掲)。
19 アダム・カバット「十返舎一九の化物世界―寛政改革後の化物草紙」『江戸の化物―草双紙の人気者たち』岩波書店、二〇一四年。
20 香川雅信『江戸の妖怪革命』角川ソフィア文庫、二〇一三年。
21 『化物太平記』は『江戸の戯作絵本(四)』(現代教養文庫、社会思想社、一九八三年)によった。
22 『市中取締類集』書物錦絵之部、第五十四件。東京大学史料編纂所編『市中取締類集』十八、大日本近世史料、東京大学出版会、一九八八年。
23 『化物太平記』と筆禍については佐藤至子『江戸の出版統制―弾圧に翻弄された戯作者たち』(吉川弘文館、二〇一七年)を参照されたい。
24 『的中地本問屋』は国立国会図書館所蔵本(国立国会図書館デジタルコレクション)によった。『江戸の戯作絵本 続巻(二)』(現代教養文庫、社会思想社、一九八五年)も参照した。

**【北尾重政】**

1 「著作堂雑記抄」は『曲亭遺稿』(国書刊行会、一九一一年)によった。
2 『江戸名所図会』は市古夏生・鈴木健一校訂『新訂 江戸名所図会5』(ちくま学芸文庫、一九九七年)によった。
3　『栄花小謡千年緑』は高知県立高知城歴史博物館所蔵本（国書データベース閲覧）によった。
4　林美一「北尾重政の生涯」『江戸艶本集成　第四巻　北尾重政』河出書房新社、二〇一三年。
5　『絵本三家栄種』は国立国会図書館所蔵本（国立国会図書館デジタルコレクション）によった。
6　『絵本世都の時』は九州大学中央図書館所蔵本（国書データベース閲覧）によった。
7　鈴木俊幸『蔦重出版書目』青裳堂書店、一九九八年。
8　『一目千本』は『洒落本大成　第六巻』（中央公論社、一九七九年）によった。
9　鈴木俊幸「吉原の本屋蔦屋重三郎」『新版　蔦屋重三郎』平凡社ライブラリー、二〇一二年。
10　鈴木俊幸『蔦重出版書目』（注7前掲）。
11　日野原健司「北尾重政画『誹諧名知折』について—上方絵本からの花鳥画学習を中心に」『美術史』第五十二巻第一号、二〇〇二年十月。
12　『誹諧名知折』は東京大学総合図書館所蔵竹冷文庫本によった。
13　『青楼美人合姿鏡』は東京国立博物館所蔵本（ColBase 閲覧）によった。
14　鈴木俊幸「吉原の本屋蔦屋重三郎」（注9前掲）。
15　『絵本吾妻抉』は国立国会図書館所蔵本（求版後印本、国立国会図書館デジタルコレクション）によった。

**【葛飾北斎（勝川春朗）】**
1　飯島虚心著・鈴木重三校注『葛飾北斎伝』岩波文庫、一九九九年。
2　『広益諸家人名録』は国立国会図書館所蔵本（国立国会図書館デジタルコレクション）によった。
3　『江戸方角分』は国立国会図書館所蔵本（国立国会図書館デジタルコレクション）によった。中野三敏編『〈諸家人名〉江戸方角分』（近世風俗研究会、一九七七年）、中野三敏『写楽』（中公新書、二〇〇七年）も参照した。

4 『無名翁随筆』は『燕石十種　第三巻』（中央公論社、一九七九年）によった。

5 「かしく　岩井半四郎」は『葛飾北斎展　江戸のメディア　絵本・版画・肉筆画』（展示図録、江戸東京博物館、一九九五年）所載の図版によった。

6 棚橋正博『黄表紙総覧　前篇』（日本書誌学大系、青裳堂書店、一九八六年）「驪比翼塚」の項。

7 『驪比翼塚』は東京都立中央図書館所蔵加賀文庫本（国書データベース閲覧）によった。

8 『富賀川拝見』は『洒落本大成　第十一巻』（中央公論社、一九八一年）によった。

9 『蛇腹紋原之仲町』は東京都立中央図書館特別文庫室所蔵加賀文庫本（国書データベース閲覧）によった。

10 鈴木俊幸『蔦重出版書目』青裳堂書店、一九九八年。

11 『北斎漫画』三編の雀踊りの図は『北斎　Siebold & Hokusai and his tradition』（展示図録、東京新聞、二〇〇七年）所載の図版によった。

12 『竈将軍勘略之巻』は東京都立中央図書館特別文庫室所蔵加賀文庫本（国書データベース閲覧）によった。

13 『椿説弓張月』は国立国会図書館所蔵本（国立国会図書館デジタルコレクション）によった。

14 「為朝図」は『大英博物館　北斎―国内の肉筆画の名品とともに―』（展示図録、サントリー美術館・朝日新聞社、二〇二二年）所載の図版によった。

15 小林ふみ子「《翻刻》寛政七年朱楽連歳旦『みどりの色』―北斎伝の一資料―」『浮世絵芸術』一三四号、二〇〇〇年一月。

16 『東遊』は国文学研究資料館所蔵本（国書データベース閲覧）によった。

17 石川了「浅草庵の代々」『江戸狂歌壇史の研究』汲古書院、二〇一一年。

18 『画本東都遊』は早稲田大学図書館所蔵本（古典籍総合データベース閲覧）によった。

19 『北斎　Siebold & Hokusai and his tradition』（注11前掲）。

20　『富嶽百景』初編は国文学研究資料館所蔵本（国書データベース閲覧）によった。
21　上町祭屋台の天井画と「富士越龍図」は『北斎館開館三十周年記念　北斎特別展図録』（財団法人北斎館、二〇〇六年）によった。

**【喜多川歌麿】**

1　飯島虚心『浮世絵師便覧』小林文七、一八九三年。鈴木重三「資料にたどる歌麿の画業と生涯」『改訂増補絵本と浮世絵―江戸出版文化の考察』ぺりかん社、二〇一七年。
2　鈴木重三「資料にたどる歌麿の画業と生涯」（注1前掲）。
3　『画本虫撰』は国立国会図書館所蔵本（国立国会図書館デジタルコレクション）によった。
4　林美一『艶本研究　続歌麿』有光書房、一九六七年。
5　『身貌大通神略縁記』は東京都立中央図書館特別文庫室所蔵加賀文庫本（国書データベース閲覧）によった。
6　浜田義一郎「志水燕十と唐来三和」『江戸文芸攷』岩波書店、一九八八年。浜田義一郎「志水燕十」『日本古典文学大辞典　第三巻』岩波書店、一九八四年。
7　『啌多雁取帳』は『江戸の戯作絵本（一）』（現代教養文庫、社会思想社、一九八〇年）によった。
8　浅野秀剛／ティモシー・クラーク編『喜多川歌麿』展示図録、朝日新聞社、一九九五年。山口桂三郎『浮世絵の歴史　美人絵・役者絵の世界』講談社学術文庫、二〇一七年。浅野秀剛・吉田伸之編著『浮世絵を読む2　歌麿』朝日新聞社、一九九八年。浅野秀剛監修『別冊太陽　日本のこころ245　歌麿　決定版』平凡社、二〇一六年。
9　宇田敏彦「啌多雁取帳」解説『江戸の戯作絵本（一）』（注7前掲）。
10　浜田義一郎「『蜀山人判取帳』補正〈翻刻〉」『大妻女子大学文学部紀要』第二号、一九七〇年三月。
11　鈴木俊幸「天明期狂歌・戯作壇の形成と狂歌師蔦唐丸」『新版　蔦屋重三郎』平凡社ライブラリー、二〇一二年。

12 和田博通「天明初年の黄表紙と狂歌」『山梨大学教育学部研究報告』第三十一号、一九八〇年。

13 『狂歌知足振』『狂歌師細見』は『寝惚先生文集　狂歌才蔵集　四方のあか』(新日本古典文学大系、岩波書店、一九九三年) によった。

14 『いたみ諸白』は渡辺守邦「『いたみ諸白』」(浜田義一郎編『天明文学―資料と研究』東京堂出版、一九七九年) によった。

15 渡辺守邦「『いたみ諸白』」(注14前掲)。

16 宇田敏彦「吉原大通会」校注『江戸の戯作絵本　続巻 (一)』現代教養文庫、社会思想社、一九八四年。

17 鈴木重三「歌麿絵本の分析的考察」『改訂増補　絵本と浮世絵―江戸出版文化の考察』(注1前掲)。牧野悟資「狂歌絵本『画本虫撰』」鈴木健一編『鳥獣虫魚の文学史―日本古典の自然観　3　虫の巻』三弥井書店、二〇一二年。小林ふみ子「狂歌絵本『潮干のつと』」鈴木健一編『鳥獣虫魚の文学史―日本古典の自然観　4　魚の巻』三弥井書店、二〇一二年。浅野秀剛監修『別冊太陽　日本のこころ245　歌麿　決定版』(注8前掲)。

18 『絵本江戸爵』は『近世日本風俗絵本集成』(臨川書店、一九七九年) の複製によった。

19 鈴木重三「解説『絵本江戸爵』」『近世日本風俗絵本集成』(注18前掲)。

20 鈴木重三「歌麿絵本の分析的考察」(注17前掲)。

21 「青楼十二時　続」は、浅野秀剛／ティモシー・クラーク編『喜多川歌麿』(注8前掲)、東京藝術大学大学美術館・東京新聞編『大吉原展』(東京新聞・テレビ朝日、二〇二四年) 所載の図版によった。

22 大久保純一「歌麿の『青楼十二時』とその周辺」『MUSEUM』四六二号、一九八九年九月。

23 『江戸町触集成』九九七七 (『江戸町触集成　第九巻』塙書房、一九九八年)。

24 湯浅淑子「歌麿の五十年」浅野秀剛監修『別冊太陽　日本のこころ245　歌麿　決定版』(注8前掲)。田

25　辺昌子『もっと知りたい　喜多川歌麿　生涯と作品』東京美術、二〇二四年。
『街談文々集要』は鈴木棠三編『近世庶民生活史料　街談文々集要』（三一書房、一九九三年）によった。

【おわりに】

1　小林ふみ子「文庫版あとがき」『大田南畝　江戸に狂歌の花咲かす』角川ソフィア文庫、二〇二四年。
2　「写楽全作品目録」『浮世絵を読む3　写楽』朝日新聞社、一九九八年。
3　『大写楽展』展示図録、東武美術館、一九九五年。
4　『増補浮世絵類考』は板坂元・棚町知弥「月岑稿本増補浮世絵類考　翻刻（承前）」（『近世文芸　資料と考証』第三号、一九六四年二月）によった。
5　中野三敏『写楽　江戸人としての実像』中公新書、二〇〇七年。渡邉晃『ジャパノロジー・コレクション　写楽　ＳＨＡＲＡＫＵ』角川ソフィア文庫、二〇二四年。
6　明石散人『東洲斎写楽はもういない』講談社、二〇一〇年。岩田秀行「「東洲斎」の読みについて」『浮世絵芸術』一六五号、二〇一三年一月。

本書は書き下ろしです。

# 蔦屋重三郎の時代

## 狂歌・戯作・浮世絵の12人

佐藤至子

令和6年 11月25日　初版発行

発行者●山下直久

発行●株式会社KADOKAWA
〒102-8177　東京都千代田区富士見2-13-3
電話　0570-002-301（ナビダイヤル）

角川文庫 24427

印刷所●株式会社暁印刷
製本所●本間製本株式会社

表紙画●和田三造





ISBN 978-4-04-400806-2　C0195

◇◇◇

# 角川文庫発刊に際して

角川源義

第二次世界大戦の敗北は、軍事力の敗北であった以上に、私たちの若い文化力の敗退であった。私たちの文化が戦争に対して如何に無力であり、単なるあだ花に過ぎなかったかを、私たちは身を以て体験し痛感した。西洋近代文化の摂取にとって、明治以後八十年の歳月は決して短かすぎたとは言えない。にもかかわらず、近代文化の伝統を確立し、自由な批判と柔軟な良識に富む文化層として自らを形成することに私たちは失敗して来た。そしてこれは、各層への文化の普及滲透を任務とする出版人の責任でもあった。

一九四五年以来、私たちは再び振出しに戻り、第一歩から踏み出すことを余儀なくされた。これは大きな不幸ではあるが、反面、これまでの混沌・未熟・歪曲の中にあった我が国の文化に秩序と確たる基礎を齎らすためには絶好の機会でもある。角川書店は、このような祖国の文化的危機にあたり、微力をも顧みず再建の礎石たるべき抱負と決意とをもって出発したが、ここに創立以来の念願を果すべく角川文庫を発刊する。これまで刊行されたあらゆる全集叢書文庫類の長所と短所とを検討し、古今東西の不朽の典籍を、良心的編集のもとに、廉価に、そして書架にふさわしい美本として、多くのひとびとに提供しようとする。しかし私たちは徒らに百科全書的な知識のジレッタントを作ることを目的とせず、あくまで祖国の文化に秩序と再建への道を示し、この文庫を角川書店の栄ある事業として、今後永久に継続発展せしめ、学芸と教養との殿堂として大成せんことを期したい。多くの読書子の愛情ある忠言と支持とによって、この希望と抱負とを完遂せしめられんことを願う。

一九四九年五月三日

# 角川ソフィア文庫ベストセラー

# 角川ソフィア文庫ベストセラー

# 角川ソフィア文庫ベストセラー

## 天狗にさらわれた少年 抄訳仙境異聞

平田篤胤
訳・解説／今井秀和

江戸時代の国学者・平田篤胤が出会った寅吉少年は、「天狗の国に行った」と語る。天狗界の生き物、文字、乗り物、まじない……驚くほど詳細な、異界の文化とは？　やさしい現代語訳で江戸の大騒動が蘇る！

## 世にもふしぎな化け猫騒動

訳・解説／今井秀和

「寺の猫がしゃべった話」「猫に生まれ変わった父親の話」「『源氏物語』の猫の夢」「招き猫の起源の話」ほか。古代から江戸期まで、様々な古典作品に描かれてきた化け猫のお話を、わかりやすい現代語訳で読む。

## 男色の景色

丹尾安典

日本の文化、芸術、思想の歴史をひもとくと、隠された男色の水脈が浮かび上がる。三島、川端、井伏から、夢二、乱歩、熊楠まで。男倡や若契、衆道、稚児愛好といった視点からその豊かさを読みとく。

## 黒髪と美の歴史

平松隆円

平安美人の長くまっすぐな黒髪、江戸時代の華やかな結髪とかんざし、モダン・ガールのショートカット。なぜ黒髪は「美しい」のか。数多くの図版と文献を渉猟し、日本の歴史と黒髪の関係性を解き明かす。

## 稲生物怪録

京極夏彦＝訳
編／東　雅夫

江戸中期、三次藩の武士・稲生平太郎の屋敷に、1ヶ月にわたり連日、怪異現象が頻発。目撃談を元に描かれた「稲生物怪録絵巻」、平太郎本人が残したと伝わる『三次実録物語』、柏正甫『稲生物怪録』を収録。

# 角川ソフィア文庫ベストセラー

## 日本俗信辞典 動物編　鈴木棠三

「ネコが顔を洗うと雨がふる」「ナマズが騒ぐと地震が起きる」「ネズミがいなくなると火事になる」――。日本全国に伝わる動物の俗信を、「猫」「狐」「蜻蛉」「蛇」などの項目ごとに整理した画期的な辞典。

## 日本俗信辞典 植物編　鈴木棠三

「ナスの夢を見るとよいことがある」「ミョウガを食べると物忘れをする」「モモを食って川へ行くと河童に引かれる」ほか、日本全国に伝わる植物に関する俗信を徹底収集。項目ごとに整理した唯一無二の書。

## 日本俗信辞典 衣裳編　常光　徹

「夜オムツを干すと子が夜泣きする」ほか。衣類を中心に裁縫道具、化粧道具、装身具、履物、被り物、寝具など身近な道具に関する民間の言い伝えを収集。「動物編」「植物編」につづく第3弾!

## 完本 妖異博物館　柴田宵曲

古今東西、日本各地の奇談・怪談を一冊に。ろくろ首、化け猫、河童などの幽霊・妖怪から、竜宮や怪鳥退治の奇譚まで、その類話や出典を博捜し、ユーモアと博学で語り尽くす。新たに索引も収録。解説・常光徹

## 菅江真澄 図絵の旅　菅江真澄　編・解説/石井正己

江戸時代の東北と北海道を歩き、森羅万象を描いた菅江真澄。祭り、絶景、生業の細部からアイヌの人々の暮らしまで、貴重なカラー図絵一一二点を収録。民俗学やジオパークをも先取りした眼差しを読み解く。

# 角川ソフィア文庫ベストセラー

ジャパノロジー・コレクション
琳派　RIMPA　細見良行

雅にして斬新、絢爛にして明快。日本の美の象徴として、広く海外にまで愛好家をもつ琳派。俵屋宗達から神坂雪佳まで、琳派の流れが俯瞰できる細見美術館のコレクションを中心に琳派作品約七五点を一挙掲載！

ジャパノロジー・コレクション
刀　KATANA　小笠原信夫

名刀とは何か。日本刀としての独自の美意識はいかに生まれたのか。刀剣史の基本から刀匠の仕事場、信仰や儀礼、文化財といった視点まで——。研究の第一人者が多彩な作品写真とともに誘う、奥深き刀の世界。

ジャパノロジー・コレクション
若冲　JAKUCHU　狩野博幸

異能の画家、伊藤若冲。大作『動植綵絵』を始め、『菜蟲譜』や『百犬図』、『象と鯨図屛風』など主要作品を掲載。多種多様な技法を駆使して描かれた絵を詳細に解説、人物像にも迫る。これ1冊で若冲早わかり！

ジャパノロジー・コレクション
北斎　HOKUSAI　大久保純一

天才的浮世絵師、葛飾北斎。『北斎漫画』『富嶽三十六景』『諸国瀧廻り』をはじめとする作品群から、独創的な構図や、スケールを感じさせる風景処理などの特色と観賞のポイントを解説。北斎入門決定版。

ジャパノロジー・コレクション
広重　HIROSHIGE　大久保純一

国内外でもっとも知名度の高い浮世絵師の一人、歌川広重。遠近法を駆使した卓越したリアリティー、繊細な表情、鋭敏な色彩感覚などを「東海道五拾三次」「名所江戸百景」などの代表作品とともに詳説。